Une innocente au palais

DANI COLLINS

Une innocente au palais

Traduction française de
MARGUERITE GUILLEMET

AZUR

HARLEQUIN

Collection : Azur

Titre original :
INNOCENT IN THE SHEIKH'S PALACE

HARPERCOLLINS FRANCE
83-85, boulevard Vincent-Auriol, 75646 PARIS CEDEX 13
Service Lectrices — Tél. : 01 45 82 47 47 - www.harlequin.fr
ISBN 978-2-2804-6139-9 — ISSN 0993-4448

Composé et édité par HarperCollins France. Achevé d'imprimer en août 2021.
par CPI Black Print - Barcelone - Espagne
Dépôt légal : septembre 2021.

MIXTE
Papier issu de sources responsables
FSC® C159065

Pour limiter l'empreinte environnementale de ses livres, HarperCollins France s'engage à n'utiliser que du papier fabriqué à partir de bois provenant de forêts gérées durablement et de manière responsable.

1.

Traverser New York en voiture était un vrai cauchemar, même un dimanche. Mais Hannah Meeks n'avait pas vraiment le choix. À l'insistance de la clinique, elle était rentrée en urgence de son week-end de recherche au nord de l'État. Elle était attendue pour 10 heures tapantes, et ils avaient même proposé de lui faire envoyer un véhicule en cas de besoin : la totale. Ils lui avaient aussi donné le code du parking privé et gardé une place. Et pour quoi faire ? Elle n'en avait pas la moindre idée. Ce qui était sûr, en revanche, c'est qu'il faisait ce que sa grand-mère aurait appelé un « froid de canard », et qu'elle allait se geler les pattes dès qu'elle mettrait le nez dehors.

Pourquoi l'avaient-ils convoquée ? Elle avait versé toutes ses mensualités à l'heure, et la grossesse se déroulait bien…

Elle tapa le code d'entrée sur le portail extérieur. Quand elle entra dans le parking désert, la pluie se muait en neige et s'amoncelait sur ses essuie-glaces. Le trajet du retour serait encore pire. Elle allait devoir supplier tous les dieux de la création pour trouver une place à moins de cinq kilomètres de son studio. Ou peut-être que la clinique l'autoriserait à laisser sa voiture ici pour la nuit ? Cela dit, marcher jusqu'à la station de métro la plus proche ne serait pas non plus une partie de plaisir.

Elle bifurqua vers une des places libres. Sur le verglas, la voiture patina, puis s'immobilisa selon un angle précaire. Elle devait mordre très largement sur l'emplacement voisin, mais tant pis. De toute façon, elle allait avoir besoin d'une certaine marge de manœuvre pour extraire son énorme ventre de derrière le volant.

Elle croisa son regard dans le rétroviseur et étouffa un soupir. Pourquoi s'était-elle coupé les cheveux aussi court, déjà ? Quoi qu'elle fasse, ils étaient juste assez ondulés pour rebiquer dans tous les sens. Entre le halo de mèches rebelles, les bagues dentaires qu'elle devrait encore porter quelques mois et ses énormes lunettes en écaille, elle avait un charme très Père Castor.

Résolument, elle enfonça son bonnet sur sa tête, enfila ses gants, attrapa son téléphone et son sac, et tira sur la poignée qui… – oh non. La portière résista. Sérieusement ? Gelée ?

De mieux en mieux !

Elle s'apprêtait à appeler la réception de la clinique quand un SUV s'immobilisa à quelques places de là. Un homme avec un parapluie sombre s'empressa de sortir puis d'ouvrir la portière arrière. Un autre homme en sortit.

Ils pressaient le pas vers l'entrée quand elle reprit ses esprits. Elle klaxonna plusieurs fois d'affilée puis frotta la condensation sur la vitre.

— Excusez-moi ! Pourriez-vous m'aider, s'il vous plaît ?

L'un des inconnus répondit dans une langue qu'elle ne comprenait pas – l'arabe, peut-être ? Les deux hommes portaient de longs manteaux noirs et avaient la peau basanée, les cheveux sombres et des barbes soigneusement taillées.

— J'ai besoin d'aide ! cria-t-elle.

L'entendaient-ils ? Ils restaient plantés au milieu du parking, perplexes. Oh ! pour l'amour du ciel.

— Ma portière est coincée !

Et elle avait un besoin urgent d'aller au petit coin. Est-ce que ces messieurs pouvaient envisager d'accélérer le mouvement ?

Une bourrasque de vent et de neige retourna brutalement le parapluie du premier homme. Le second secoua la tête, agacé, puis prit les choses en main. Il tourna les talons et la rejoignit d'un pas vif. Son cœur bondit dans sa poitrine ; soudain, il était là, les sourcils froncés et le regard noir, à la fixer à travers le petit cercle de verre embué. Il était grand et intimidant, la trentaine, très beau malgré son expression féroce. Son pardessus s'était ouvert sous l'assaut du vent et dévoilait un costume bleu foncé, assez luxueux pour avoir été taillé sur mesure. C'est vrai que la clinique accueillait des patients richissimes. Elle-même n'était que l'exception qui confirmait la règle ; elle avait juste rendu service à la femme du directeur, qui, en retour, lui avait ouvert une porte résolument infranchissable.

— Que se passe-t-il ? s'enquit l'inconnu d'un ton brusque.

— Mes portières sont coincées ! Elles sont gelées.

Elle secoua la poignée et tenta de pousser la portière d'un coup d'épaule. Il fronça les sourcils et essaya d'ouvrir de l'extérieur, sans succès. Il fit le tour et tira sur chaque porte à en faire trembler l'habitacle. Aucune ne bougea.

Il lança un ordre à l'homme au parapluie. Un troisième était sorti du SUV, côté conducteur.

— Vous êtes certaine d'avoir déverrouillé la voiture ?

Oh…

Oh.

Elle aurait bien aimé que la terre s'ouvre sous ses pieds, tout à coup. Elle pressa le bouton. Le déclic lui arracha une grimace. Le chevalier en manteau noir ouvrit la portière ; son expression glaciale la cingla plus douloureusement que la tempête de neige.

— Je suis désolée ! J'ai oublié que j'avais verrouillé les portières en arrivant en ville. Je ne voulais pas qu'on grimpe dans ma voiture à un feu rouge, vous savez ?

Akin serra les dents, les yeux rivés sur elle. Il ne savait pas, non. Personne n'osait même lui jeter un regard mal placé, et encore moins toucher ses véhicules sans son autorisation. Cette journée promettait déjà de le rendre chèvre. Et le vent new-yorkais qui continuait de lui gifler le visage et de l'ébouriffer – depuis quand laissait-il les éléments le faire tourner en bourrique ? – n'améliorait pas la situation.

Il baissa les yeux. La jeune femme était enceinte. Quand elle se tourna pour sortir, il lui tendit la main.

— C'est bon, je gère, dit-elle sans la prendre.

Comme le parking était une véritable patinoire, il en doutait grandement.

— Donnez-moi votre main. Je ne vais pas laisser une femme dans votre condition glisser et se faire mal.

Hannah prit sa main avec réticence. Son cœur rata de nouveau un battement – plus intense, plus douloureux cette fois-ci. Elle s'était attendue à une main aristocratique, soignée par le privilège, mais la paume de l'inconnu était forte et calleuse. Dans le creux de sa poigne, elle se sentait presque délicate, alors qu'honnêtement elle avait la grâce d'un bébé hippopotame. Elle tenta un sourire nerveux, mais il ne lui accorda pas un regard.

Parmi les trois hommes autour d'elle, la hiérarchie était claire : celui qui l'avait aidée était aux commandes. L'homme au parapluie s'empressa de fermer sa portière pendant que le chauffeur s'élançait vers l'entrée pour tenir la porte. Hannah haussa un sourcil, mais se contenta de lever le nez vers son voisin.

— Merci beaucoup, c'est très gentil de votre part.

Elle préférait ne pas imaginer le tableau. Elle, qui se dandinait tant bien que mal sur le trottoir gelé, pendant que l'homme au parapluie trottait derrière eux en essayant de les protéger de la neige. Son sauveur, toujours très aimable, finit par aboyer un ordre en arabe. L'autre capitula aussi sec. De toute façon, ils étaient déjà trempés jusqu'aux os. Ils passèrent enfin dans le hall chauffé et, après avoir essuyé ses bottes sur le paillasson, Hannah fila aux toilettes sans demander son reste.

Quand elle sortit de la cabine, considérablement plus légère, elle s'accorda une minute pour apaiser son humiliation. Avec un peu de chance, l'inconnu avait déjà disparu. Ou il l'avait déjà oubliée. Elle n'était pas vraiment mémorable. Et s'il était encore là, elle pourrait toujours le remercier en lui proposant ses services de chercheuse ?

C'était ce qu'elle faisait le mieux, même si la recherche n'était pas la compétence la plus facile à commercialiser. Sur son CV, elle était bibliothécaire universitaire.

Devant le miroir, elle tirailla sur son gros pull marron. La maille rebondit aussitôt, révélant l'ourlet de son T-shirt noir et la taille distendue de son pantalon de maternité. Vraiment, elle était au sommet de l'élégance, aujourd'hui.

Disons qu'elle ne faisait pas partie de ces femmes qui « rayonnent » pendant leur grossesse. Pas du tout. Elle avait l'air d'avoir fusionné avec un ballon de yoga, ses fesses faisaient la largeur d'une porte cochère, mais ses seins n'avaient pris qu'un bonnet, au grand maximum.

« C'est une fille, aurait dit sa grand-mère. Les filles volent la beauté de leur mère. »

En l'occurrence, elle n'avait pas vraiment eu de beauté à voler à la base, mais le proverbe lui serra quand même le cœur. Elle aurait aimé que sa grand-mère rencontre son arrière-petit-enfant. Bien sûr, elle n'aurait sûrement pas approuvé sa méthode de conception, mais…

À vingt-cinq ans, Hannah ne croyait pas au prince charmant. À l'adolescence, les garçons avaient été cruels ; à l'âge adulte, les hommes l'avaient utilisée, ou oubliée. Elle avait déjà du mal à attirer l'attention des vendeurs quand elle voulait trouver sa taille dans un magasin de vêtements. Elle le savait, elle était destinée à devenir un cliché. Une vieille fille bibliothécaire. Mais elle avait décidé de prendre sa vie en main. Elle avait toujours voulu une famille, et elle était presque sûre que son enfant se ficherait qu'elle ait des taches de rousseur, les dents un peu de travers et quelques kilos en trop. Être mère célibataire ne serait pas facile, mais elle était prête à prendre ses responsabilités. Et pour la première fois de sa vie, elle était optimiste. Elle attendait l'avenir avec impatience. Elle ne voulait plus laisser qui que ce soit ébranler ses convictions ou son amour propre – même pas elle-même. Elle abandonna son reflet et sortit des toilettes. Une infirmière l'attendait à la réception.

Le cheikh Akin bin Raju bin Dagar Al-Sarraf, prince héritier de Baaqi, s'évertuait encore à ignorer les preuves du désastre imminent. C'était impensable. Malheureusement, il avait mérité sa réputation de brillant tacticien. Il savait reconnaître les pièces de l'échiquier et prévoir leurs mouvements. Un talent utile pour le chef des armées nationales, mais une malédiction quand, comme aujourd'hui, il pouvait prédire la catastrophe sans pouvoir l'arrêter.

Les faits ne mentaient pas. Il avait cherché d'autres explications, en vain. L'heure n'était plus aux illusions.

Un des échantillons de sperme manquait à l'appel. Il avait abandonné le chevet de son père malade pour rencontrer d'urgence le directeur de la clinique. L'infirmière de service avait tenu à attendre l'inconnue du parking avant de les conduire *tous les deux* jusqu'à la salle de conférence.

La jeune femme était très… très enceinte. Elle se dandina tranquillement vers eux, inconsciente de la gravité de la situation. Elle était si étrange. Elle avait l'air parfaitement sereine. Elle leva le nez vers lui et lui offrit un sourire jalonné de métal.

— Encore merci pour votre aide, dit-elle.

Ses gardes du corps s'étaient inquiétés qu'une femme enceinte soit coincée dans sa voiture. Akin, en revanche, avait déjà fait le rapprochement. Une femme seule, arrivée en même temps qu'eux, un dimanche, alors que la clinique était déserte. Il n'y avait aucun doute.

Il ne montait peut-être pas au front aujourd'hui, mais son existence n'en serait pas moins pulvérisée.

L'inconnue avait retiré son manteau, mais elle peinait toujours à manœuvrer son ventre volumineux dans le couloir. Sans son bonnet, il pouvait voir ses cheveux – très courts, asymétriques, une coupe incroyablement peu flatteuse autour d'un visage rond et dénué de maquillage. Des lunettes trop larges, à monture d'écaille, et des yeux d'un marron terne. Ses lèvres se refermèrent, un réflexe timide sans doute destiné à cacher son appareil dentaire.

— Bonjour, Hannah, lança l'infirmière avec un sourire chaleureux. Suivez-moi, M. Peters vous attend.

« Hannah » lui lança un nouveau sourire perplexe et passa devant lui de sa démarche instable. Avant de la suivre, Akin donna quelques ordres brefs à Omid. Il n'y avait aucun doute, donc il pouvait déjà mettre en place les précautions nécessaires. Omid hocha la tête, et Akin emboîta le pas aux deux femmes. Hannah lui lança un coup d'œil curieux par-dessus son épaule.

— Vous travaillez ici ?

— Non.

— Alors pourquoi…

L'infirmière leur ouvrit la porte d'un bureau sur la droite.

À l'intérieur, Dr Peters les attendait, le visage blême. Il avança vers lui en tendant la main, mais Akin l'arrêta d'un geste impérieux. L'heure n'était pas aux politesses.

— Votre Majesté, murmura tout de même le docteur. Je vois que vous avez déjà rencontré Mlle Meeks ?

Mademoiselle, pas madame. C'était déjà mieux que rien. Plusieurs stratégies s'offraient à lui, mais…

— Pas officiellement, non. Appelez-moi Hannah. Et vous êtes une… Majesté ?

Hannah croisa son regard, les sourcils froncés. Son insouciance avait laissé place à l'inquiétude.

— Cheikh Akin Sarraf, annonça-t-il.

Il valait mieux utiliser son nom simplifié plutôt que de laisser Peters écorcher son nom complet. Pas besoin de cérémonie. Lui et Hannah devraient se familiariser l'un à l'autre au plus vite.

— Le prince héritier de Baaqi, ajouta le docteur.

— C'est en suspens, en l'occurrence, susurra Akin de cette voix douce qui faisait toujours trembler ses généraux.

Peters pâlit encore.

— Désolée, mais je ne comprends pas ce que je fais là.

— Vous comprendrez très vite. Asseyez-vous, dit-il.

Elle s'abaissa lentement dans le fauteuil le plus proche. Akin resta debout, résolument, les bras croisés, le dos raide.

— J'imagine que vous avez retrouvé l'échantillon manquant ?

— Quel échantillon ? s'exclama Hannah.

Ses phalanges avaient blanchi sur les accoudoirs du siège, et elle était penchée en avant, prête à prendre la fuite. Visiblement, elle avait tiré les bonnes conclusions en un temps record.

Dr Peters, de son côté, évitait leurs regards. Qu'espérait-il ? Que son remords adoucirait leur sentence ? Pitié.

— Laissez-moi vous expliquer la situation, mademoiselle Meeks, commença le docteur. Le frère de cheikh Akin…

— Le défunt héritier de la couronne, coupa Akin.

— Oui, hum… Le prince Eijaz était un de nos clients. Malheureusement, il a succombé à sa bataille contre le cancer en mars dernier. Avant de commencer la chimiothérapie, il a fait conserver six échantillons de sperme, afin de garantir la descendance qu'il espérait engendrer après son traitement et un potentiel mariage.

Akin ne savait toujours pas pourquoi Eijaz avait choisi de suivre la procédure dans une clinique new-yorkaise, si ce n'était qu'il était sur place lorsque sa maladie avait été diagnostiquée.

— Toutes mes condoléances, lui murmura Hannah avec sincérité. Mais je ne vois pas en quoi cela me concerne.

Bien sûr. Elle s'accrochait au déni, en dernier recours. Il aurait aimé pouvoir faire de même. Elle avait croisé les bras sur son ventre, pelotonnée dans le creux du fauteuil, peut-être pour mieux absorber l'impact qui l'attendait.

— Tout récemment, la famille royale a pris la décision difficile de détruire les échantillons du prince. Le prince Akin est donc… actuellement l'héritier au trône.

Et il n'avait jamais désiré ce rôle, malgré l'apathie de son père et les fiascos que son frère avait enchaînés. Peu lui importait d'être la pièce de rechange. Il avait depuis longtemps cessé d'avoir des opinions au sujet de la couronne. Se voir soudain nominé à l'accession au trône ne lui avait inspiré qu'un deuil diffus… Mais il y était préparé. Il savait qu'il en était capable. L'autre option était bien plus difficile, politiquement ; et bien plus instable.

Hannah continuait de le regarder, l'œil pensif et perspicace, comme si elle cherchait à percer son masque d'indifférence. À deviner son tumulte silencieux.

— En mettant à exécution cette décision, nous avons découvert qu'il ne restait que cinq échantillons dans notre banque, poursuivit Dr Peters.

Hannah se détourna enfin. Elle était pâle comme un linge, mais sa voix était calme et sarcastique.

— D'accord. Je comprends. Vous avez besoin de mes légendaires pouvoirs de déduction pour vous aider à retrouver l'échantillon disparu ? J'ai toujours rêvé d'être détective-bibliothécaire.

Peters jeta une œillade terrifiée à Akin avant de répondre à la jeune femme, les mains levées en signe de capitulation.

— Je vous en prie, mademoiselle Meeks. Ne tournons pas cette affaire à la plaisanterie. La situation est extrêmement sérieuse. Grâce au don de sang que vous avez effectué pour notre banque de données le mois dernier, nous avons entrepris un test d'ADN. Le dernier échantillon du prince Eijaz a été utilisé pour vous inséminer. Je suis navré.

Akin n'en attendait pas moins, mais la révélation lui arracha tout de même un juron, qui résonna comme une gifle dans le bureau silencieux. Il ne prit pas la peine de s'excuser. Son esprit se repliait sur lui-même, vibrant d'indignation, bouillonnant de possibilités. Les ramifications étaient multiples. Il lui faudrait déployer la meilleure contre-attaque afin de gagner cette bataille tout en protégeant ses arrières et celles de son pays.

De son côté, Hannah émit un petit rire incrédule.

— Navré ? Pourquoi donc ? Quelle que soit l'identité de mon donneur, c'est mon bébé, et je ne regrette rien.

Une chose était sûre, elle ne manquait pas de courage. Son assurance était feinte, bien sûr : sa voix avait tremblé. Derrière son calme apparent, elle avait compris que sa réalité avait déjà basculé, mais elle défendait tout de même son indépendance. Son libre arbitre. S'il avait été capable de compassion, il aurait peut-être été attendri.

— À quelle date est prévu l'accouchement ? demanda-t-il.

Elle sursauta, et il comprit à retardement qu'il avait utilisé le ton sec qu'il réservait à ses jeunes soldats. Aucun de ses hommes ne lui avait jamais tenu tête, mais elle se contenta de serrer les dents et de pincer les lèvres, comme si son silence avait pu lui donner l'avantage.

— Dans six semaines, répondit le Dr Peters à sa place. Le 29 décembre. C'est un garçon. Félicitations.

— Qu'est-ce que vous *fichez*, exactement ? Je suis votre patiente. Je ne connais pas cet homme ! Je ne vous ai pas donné la permission de partager des informations confidentielles sur ma condition. Je ne voulais même pas savoir le sexe du bébé ! Je ne comprends pas. Avez-vous décidé de laisser votre professionnalisme au placard ce matin en sortant, ou m'avez-vous caché pendant des mois que vous n'étiez qu'un clown déguisé en blouse blanche ?

Akin étouffa un ricanement derrière sa main. S'il maîtrisait encore sa colère, il comprenait parfaitement la sienne. Pendant ce temps, Dr Peters essayait tant bien que mal de ne pas bégayer.

— Nous comprenons votre frustration, mademoiselle Meeks. Nos avocats ont déjà été avertis. Ils prendront très vite contact avec vous et le prince Akin pour convenir d'un accord qui vous satisfera tous les deux.

— Très américain de votre part, railla Akin. Jeter de l'argent par les fenêtres en espérant que des billets de banque noieront le poisson.

Il n'était pas dupe. La clinique devrait verser un malus plus élevé sur leur assurance de responsabilité civile, mais leur réputation n'en souffrirait aucunement. Au contraire : leur clientèle ne manquerait pas d'augmenter, séduite par l'infime possibilité d'une insémination royale. Une compensation financière n'était qu'une esbroufe et ne changerait aucunement les conséquences inéluctables de leur erreur. Des conséquences que lui et Hannah allaient devoir assumer jusqu'à leur mort.

— Même si cela n'a plus d'importance, j'aimerais savoir comment une telle faute a pu se produire, lâcha-t-il.

— La clinique a souffert d'une épidémie de grippe il y a quelques mois. Le docteur d'Hannah et d'autres employés de confiance ont été mis en arrêt. Comme Hannah avait été préparée pour la procédure, nous n'avons pas voulu la remettre à plus tard. Nous avons fait appel à une interne…

— Je vois, coupa Akin, polaire.

— Je vais payer toutes mes mensualités, dit Hannah en posant une main tremblante sur son ventre. Légalement et incontestablement, le bébé sera à moi.

Adorable. Vraiment adorable.

— Peut-elle encore voyager ?

Dr Peters tamponna son front moite avec un mouchoir et évita précautionneusement le regard d'Hannah.

— En prenant les précautions nécessaires, oui. Une de nos infirmières vous accompagnera.

— Nous accompagner ? Où ça ? Oh ! et arrêtez de m'ignorer et de parler de moi à la troisième personne !

— Écoutez, Hannah, la famille Sarraf est riche et puissante. Je vous recommande de coopérer av…

— Non, *vous* allez m'écouter. Je me fiche de vos problèmes d'internes ou de la famille de votre client décédé. C'est *mon* bébé, pas le vôtre. Vous n'avez pas le droit de le donner à qui que ce soit, et surtout pas à un parfait inconnu.

Elle s'était levée, quoique avec difficulté.

— Je rentre chez moi, continua-t-elle. Je vais dormir douze heures et, à mon réveil, vous feriez mieux de me confirmer que cette conversation n'était qu'un mauvais rêve.

— Hannah, le prince Eijaz n'a jamais autorisé cette démarche. Si votre grossesse n'était pas aussi avancée, nous aurions insisté pour une interruption de…

— Taisez-vous avant d'aggraver votre cas, siffla-t-elle.

Les joues écarlates, les yeux étincelants, une main toujours crispée sur son ventre, elle avait l'air toute prête à lui sauter à la gorge. Akin n'avait jamais vu une expression aussi merveilleusement féroce.

— Dr Peters a tort, fit-il. Avorter ne serait *pas* envisageable. Votre fils est l'héritier du trône de Baaqi. Peu importe que vous soyez dans votre premier mois ou votre neuvième. Je suis prêt à mourir pour protéger sa vie, aujourd'hui et tous les jours qui suivront, comme l'exigent mon honneur et mon devoir.

Hannah se tourna vers lui, les prunelles brillantes de méfiance et de confusion.

— Euh… Merci, mais ce ne sera pas nécessaire.

— Vous ne comprenez pas, mademoiselle Meeks. Comme le présent vient de nous le démontrer, l'avenir est imprévisible.

— Je ne vois pas le rapport.

— Votre destinée vient de basculer.

Il soutint son regard, surpris par l'éclat de sympathie qu'elle éveillait en lui. Juste le temps d'un éclair. Il se serait peut-être laissé aller à la pitié, pour elle, pour lui aussi, s'il n'avait pas compris depuis longtemps que le sentimentalisme n'était rien d'autre qu'une faiblesse.

— Nos dirigeants sont nés à Baaqi, mademoiselle Meeks. Par conséquent, vous allez devoir m'accompagner. Vous aurez le droit de rester aux côtés de votre enfant comme invitée de la nation, mais quoi qu'il advienne c'est là-bas qu'il grandira.

— Quoi ? Non. J'ai une contre-proposition. Vous demandez à Dr Peters de vous recommander un psychanalyste, et vous vous faites soigner aussi vite que possible. Je m'en vais.

2.

Hannah tremblait si fort qu'elle pouvait à peine marcher. Une main sur le mur, elle tituba dans le couloir, les jambes flageolantes, le cœur battant la chamade, la vision embrumée. Elle n'avait jamais voulu savoir qui était le père de son enfant. La seule chose qui comptait, c'était la santé du bébé. Elle était heureuse de ne rien connaître de son inséminateur. Elle n'avait pas besoin de partager son bébé. Elle avait connu l'amour inconditionnel avec sa grand-mère, et elle voulait construire la même bulle pour son enfant. Un foyer. Une raison de vivre.

Elle déboucha dans l'entrée et accusa le coup. L'homme au parapluie avait appelé une armée de clones en renfort. Deux d'entre eux, postés à l'entrée, levèrent chacun une main pour lui barrer le passage. Un autre attendait dehors. Le reste de l'équipe tenait les couloirs adjacents.

Mais c'était par-dessus son épaule que leurs regards s'étaient fixés, car le prince, ou le cheikh, *Akin*, la suivait de près. Elle enfila son manteau à la va-vite, déterminée à l'ignorer, en vain. Son cœur battait trop fort. Sa présence était inévitable, chaude, si tangible qu'un frisson la parcourut alors qu'elle lui tournait résolument le dos.

— Mlle Meeks rentre avec nous à Baaqi. Elle est notre invitée et sera traitée comme telle.

— C'est hors de question ! Je reste ici !

Pouvait-elle partir en courant ? Non. L'équipe de rugby en costume trois-pièces l'arrêterait tout de suite – sans compter que sa vélocité laissait un peu à désirer, vu son état.

— Donnez vos clés et votre adresse à Omid. Il s'occupera de faire suivre vos affaires.

Donc cet homme ne savait parler qu'à l'impératif. Très bien. Elle avait tenu tête à plus cruel et plus sexiste que lui. Elle se redressa de toute sa hauteur, ventre en avant, et dissimula sa nervosité sous un masque farouche.

— Non.

Qu'allait-il bien pouvoir y faire, hein ? La passer à tabac et mettre en danger le bébé qu'il avait juré de protéger ?

— Hannah.

Mêlé à l'intonation musicale de sa langue maternelle, elle décelait dans sa prononciation un accent britannique. Évidemment, il avait dû apprendre l'anglais dans un pensionnat pour aristocrates. Sa voix n'en était que plus insupportablement condescendante.

— Vous êtes enceinte et vous êtes vulnérable. Comme vous venez d'apprendre une nouvelle bouleversante, je veux bien fermer les yeux sur votre insolence, mais ne confondez pas patience et faiblesse. Vous avez atteint ma limite. Si vous voulez monter au front, allons-y. Mais je gagnerai. Le pouvoir est de mon côté, la justice aussi. Ce ne sera agréable pour personne, et surtout pas pour le bébé.

— Alors quoi, je dois vous obéir au doigt et à l'œil ?

— C'est ce que font la plupart des gens, oui.

Oh ! et il ne plaisantait pas. Il était aussi détestable que mégalomane. Il ajouta, d'une voix toujours atone :

— Allons nous entretenir dans un endroit plus privé.

Elle était immobile, chaque muscle tendu à craquer. Des larmes de panique lui brûlaient les yeux. Elle les ravala désespérément. Elle ne pouvait pas nier l'évidence, mais elle comptait garder son calme. Rester rationnelle. Elle pouvait trouver une autre option, elle en était certaine. Une échappatoire, n'importe quelle échappatoire.

— Rentrons chez moi.

Elle dépassa les agents qui gardaient encore l'entrée, mais se figea devant les deuxièmes portes vitrées. Dehors, la neige tombait lourdement, opaque comme une purée de pois. Malgré le blizzard, un des gardes du corps était planté près de la voiture d'Akin, prêt à ouvrir la porte lorsque Sa Majesté daignerait pointer le bout de son nez.

— Vous ne pouvez pas conduire dans ces conditions. Prenons ma voiture. Un de mes hommes rapportera la vôtre.

— Je peux conduire. Je suis arrivée jusqu'ici, non ?

Et ensuite, il l'avait trouvée enfermée dedans. Du regard, elle le défia d'oser mentionner l'incident.

— Vous serez plus en sécurité dans mon véhicule. Mon chauffeur est formé pour conduire dans les intempéries. Vous ne risquez rien avec moi : ne vous ai-je pas prouvé ma galanterie en vous aidant à sortir de votre voiture ?

Oh ! pitié. Elle s'était fiée à lui cinq secondes, et il allait lui resservir l'anecdote pendant cinq siècles ?

— N'en profitez pas pour essayer de me convaincre.

— Jamais de la vie. Je veux simplement discuter.

Plus de doute, il se fichait d'elle. Cependant, il lui offrit son bras, et après une seconde d'hésitation elle accepta son escorte dans l'escalier glissant et jusqu'à la voiture. Il l'aida à grimper sur la banquette arrière, puis se pencha dans l'habitacle, un bras sur l'encadrement de la portière.

— Chauffage de siège ?

Il pressa un bouton, puis tendit la main.

— Clefs, ajouta-t-il.

Elle se retint de lever les yeux au ciel mais les lui tendit. Il les confia à l'un de ses agents avant de s'installer près d'elle.

— Non, attendez, j'ai besoin des clés pour ouvrir ma porte d'entrée, dit-elle.

— Ils seront arrivés avant nous.

Quoi ? Comment feraient-ils ?

La portière claqua, le chauffeur démarra, et elle se tourna pour regarder deux agents monter dans sa petite voiture et poser son cartable à l'arrière. D'accord, avec un peu de chance elle n'était pas parfaitement idiote, avec un peu de chance, elle ne venait pas de participer allègrement à son propre kidnapping, avec un peu de chance…

— Mlle Meeks, puis-je avoir votre adresse ? demanda le garde du corps assis sur le siège avant.

C'était bon signe. Pour le GPS, pas vrai ? Elle lui dicta son adresse, qu'il relaya à l'autre équipe. À côté d'elle, Akin était déjà au téléphone et parlait arabe dans le combiné.

Elle pouvait situer Baaqi sur une carte, mais elle n'en savait pas beaucoup plus. Un de ces pays charnières qui avaient connu beaucoup d'instabilité politique pendant ces dix dernières années, sur leur territoire comme à leurs frontières. Des ressources pétrolières incroyablement abondantes. Et tout le monde connaissait le prince Eijaz, bien sûr. Un playboy photogénique avec des millions d'abonnés sur Instagram, toujours en vacances sur des îles paradisiaques, toujours en compagnie de femmes sublimes, et toujours impliqué dans un ou deux sulfureux scandales. Il avait fait le buzz quelques années plus tôt, quand il s'était lamenté de s'être échoué dans les Maldives. La publication était encore reprise sur Internet pour illustrer les problèmes de gosses de riches.

Elle avait dû mal à croire qu'un homme pareil était le père de son bébé. Un coureur de jupons notoire. Et son frère, qui était-il ? Elle ne savait même pas qu'Eijaz avait un cadet.

Elle sortit son portable pour taper son nom dans Google, mais, vif comme l'éclair, Akin posa sa main sur l'écran.

— Gardons le secret pour l'instant.

— J'allais juste faire une recherche…

Sur *lui*. Elle étouffa un soupir et rangea son portable.

Elle ne risquait pas d'annoncer la nouvelle à qui que ce soit. Elle n'était plus une enfant solitaire et isolée, bien sûr. Elle avait des collègues amicaux. Elle allait aux pots de départ à la retraite et aux fêtes prénatales. Les étudiants lui apportaient du café quand elle leur trouvait une référence oubliée. Elle s'entendait bien avec certains auteurs pour qui elle avait effectué des recherches. Mais toutes ces relations étaient superficielles. Un vernis d'affabilité, sans intimité.

L'amitié, comme l'amour, n'avait jamais été son point fort. Sa grand-mère avait apaisé son mal-être pendant son enfance, mais, après sa mort, c'était la solitude qui était devenue sa plus loyale compagne. Pendant sa première année à New York, lorsqu'elle avait commencé à travailler pour l'Université de Columbia, elle s'était laissée sombrer dans le chagrin. Mais elle avait grandi, depuis. Elle voulait s'aimer elle-même plutôt que de dépendre de l'attention des autres. Elle avait commencé à construire la vie qu'elle voulait, petit à petit. Des dents plus droites ; des projets passionnants ; une famille. Elle était sur la bonne voie.

Akin était toujours au téléphone. À l'autre bout du fil, elle décelait une voix sèche et brusque. Il raccrocha brutalement.

— Mes parents ont hâte de vous rencontrer, annonça-t-il.

Oui, alors là, elle en doutait. Elle ne connaissait pas de jurons en arabe, mais…

— J'imagine que vous n'êtes pas mariée, poursuivit-il avant qu'elle ne puisse riposter. Vous êtes venue seule au rendez-vous. Avez-vous un ou une partenaire avec qui vous prévoyiez d'élever cet enfant ?

Elle n'aimait pas le sous-entendu – son compagnon hypothétique était-il censé dire adieu à sa paternité ? Elle avait presque envie de s'inventer une vie amoureuse pour le plaisir de remettre les pendules à l'heure, mais le regard intense d'Akin lui soufflait de ne pas trop tenter le diable.

Et puis, ils allaient chez elle – il comprendrait immédiatement qu'elle vivait seule.

— Non, je n'ai personne.

— De la famille ?

— Ma mère est morte très jeune. Je ne connais pas mon père. Ma grand-mère m'a élevée, mais elle est décédée.

— Vous aviez des projets ? Où travailliez-vous ?

Décidément, il avait un petit problème de concordance des temps. Elle allait devoir lui apprendre à utiliser le présent.

— Je *suis* bibliothécaire à Columbia. J'ai pris une année de congé à partir du mois prochain. Je compte aller m'installer à Syracuse, dans la maison où j'ai grandi. Depuis quelques années, je fais des recherches en free-lance pour des auteurs. Si ces missions-là continuent de bien fonctionner, je quitterai peut-être mon poste à l'université pour rester à la maison jusqu'à ce que mon bébé commence l'école. Je reprendrai peut-être une place à Columbia ou dans une autre université ensuite, je ne suis pas encore sûre. J'aime avoir plusieurs options.

— Quel luxe, susurra-t-il.

Un terrible pressentiment monta dans son âme ; elle se tourna vers la vitre et remarqua soudain qu'ils n'allaient pas du tout dans la direction de son appartement.

Ils filaient vers le New Jersey.

— Vous avez dit que nous rejoindrions vos hommes chez moi ! s'exclama-t-elle.

— J'ai dit qu'ils seraient chez vous avant nous. C'est on ne peut plus vrai, puisque nous n'y allons pas.

— Ne jouez pas sur les mots ! Vous voulez vraiment me prendre pour une idiote, Akin ? Je sais mentir aussi.

Un muscle tressauta sur sa mâchoire, mais il resta immobile, très rigide, les mains posées sur ses cuisses. Il finit par hocher la tête, juste une fois.

— Vous avez raison. Mentir est contre-productif. Je ne vous induirai plus en erreur, je vous le promets.

— Merci. Maintenant, concernant mon kidnapping… Où m'emmenez-vous ?

— Mon jet privé nous attend. Nous partons directement pour Baaqi. J'ai engagé une infirmière. Je ne peux pas faire confiance aux employés de cette clinique. Ne vous inquiétez pas, notre plan de vol comprend des étapes en cas d'urgence.

— Quoi ? Non mais, je plaisantais ! Vous êtes *réellement* en train de me kidnapper !

— On peut le dire comme cela, si on est dramatique.

Comment pouvait-elle répondre à une impudence pareille ? Elle se contenta de le regarder fixement, abasourdie.

— Vous m'avez demandé de ne plus vous mentir, ajouta-t-il sans une once de remords.

— Je vous ai aussi demandé de me ramener chez moi.

D'un geste qui trahissait son trouble, il lissa son pantalon de costume sur ses cuisses sveltes.

— Je sais. Je comprends que vous vouliez reprendre votre vie normalement, Hannah. Mais ce n'est pas possible. Vous portez le futur roi de mon pays. Mon neveu. Si vous pensez que cela ne m'importe pas, vous vous trompez.

— Finalement, les mensonges étaient plus supportables.

— Trop tard.

Elle lâcha un grognement exaspéré et s'enfonça dans son siège. Le silence tomba entre eux. Elle l'étudia du coin de l'œil. Il était si stoïque, si contrôlé, mais il venait aussi de perdre son frère. Était-il vraiment attaché à son bébé ?

— Il vous manque ? Votre frère ?

Peut-être testait-elle son honnêteté. Peut-être voulait-elle le voir exprimer une vraie émotion, un peu d'humanité.

— Oui, admit-il après une très brève hésitation. Mais je ne veux pas parler de lui, pas maintenant.

Il croisa son regard. Son expression était toujours impénétrable, mais la requête était sincère. Impulsivement, parce qu'elle brûlait de partager cette sensation avec quelqu'un qui en comprendrait toute la magie, elle attrapa sa main et la posa sur son ventre.

— Est-ce que votre frère faisait de la boxe ? Parce que son fils est un vrai champion, vous allez voir.

La main d'Akin se crispa, et il amorça un mouvement de recul. Le toucher sans permission ! Elle avait dû faire une entorse au protocole royal. Mais elle ne faisait pas la maligne non plus : un seul frôlement de ses doigts suffisait à faire naître en elle un vertige, une chaleur exquise. Akin croisa son regard. Un éclair de désespoir traversa ses yeux et froissa son front ; mais il la laissa positionner sa paume sur elle.

— Attendez…

Elle garda sa main sur la sienne et, de l'autre, pressa le côté de son ventre pour faire réagir le bébé.

— Allez, bébé. Ne sois pas timide. Dis bonjour à… *Oh !*

Il retira sa main comme s'il s'était brûlé, puis revint aussitôt et la pressa de nouveau sur son ventre.

— Il vous a fait mal ?

— Comme un coup de coude dans le métro, dit-elle avec un sourire.

Sourcils froncés, il continua de contempler son ventre. Son pouce caressa l'endroit que le bébé venait de cogner. Elle cligna des yeux. Aucun homme ne l'avait jamais troublée, pas sexuellement. C'était une des raisons pour lesquelles elle s'était tournée vers la clinique pour avoir son bébé. Mais la douceur absente d'Akin, pourtant dénuée d'érotisme, éveilla en elle une étincelle de sensualité, une vague de tendresse et d'intimité qui la fit rougir d'embarras.

— Je… euh… Avez-vous une femme ? Une amie ?

— Non.

Peut-être avait-il décelé son émotion, car il recula brutalement. Le masque distant retomba sur ses traits.

— Pourquoi vouliez-vous avoir un bébé toute seule ?

— Je veux *toujours* avoir un bébé toute seule.

Il ne bougea pas d'un cil, mais elle commençait à comprendre que son immobilité camouflait des émotions bien réelles. En l'occurrence, une impatience croissante. Entre eux, l'air grésilla d'animosité.

Que pouvait-elle bien lui dire ? *Regarde-moi. Tu crois vraiment qu'un homme voudrait un bébé avec moi ?* Non, elle ne pouvait pas avouer une chose pareille, pas à Akin, et certainement pas en présence de ses employés. Et puis, cet argument la rendait si triste, si *profondément* triste. Pourquoi les gens ne s'intéressaient-ils qu'à l'apparence, plutôt que de s'aimer les uns les autres pour ce qu'ils étaient réellement ? Et comment confier à un inconnu qu'elle avait toujours fait partie de ceux que la société avait laissés en marge, pour la simple et bonne raison qu'elle ne répondait pas à ses standards ?

— J'ai eu quelques petits copains à l'université, mais j'en ai conclu que la romance, ce n'était pas aussi génial qu'on veut bien nous le faire croire.

Elle ne savait pas qui l'agaçait le plus : les obsédés qui l'avaient accostée en priant pour qu'elle soit assez désespérée, ou ceux qui lui avaient tourné autour exclusivement pour copier ses réponses pendant les partiels.

— Ma grand-mère était déjà âgée et avait besoin d'aide, donc je n'avais pas beaucoup de temps pour ma vie sociale. J'ai déménagé en ville après sa mort, mais je n'ai pas vraiment de proches. Et je veux une famille. À vrai dire, cette grossesse est un peu tombée du ciel.

— Comment cela ?

Il l'écoutait avec attention, les yeux rivés sur elle.

— Le Dr Peters est marié à l'une des autrices pour lesquelles je travaille. Un jour, j'ai blagué sur le fait que je voulais des enfants mais que trouver un mari me fatiguait d'avance. Elle m'a dit que je n'avais pas besoin d'un mari et m'a donné l'adresse de la clinique. Grâce à elle, j'ai pu avoir une consultation gratuitement. Ils m'ont proposé de participer à leur programme de recherche. Je dois faire des dons de sang régulièrement et répondre à leurs questionnaires de santé jusqu'à ma mort, mais je suis contente d'aider la science, donc…

Elle haussa les épaules. Akin croisa les bras.

— Nous ferons interrompre les dons de sang et les questions indiscrètes. Mon frère n'a pas consenti à ce projet de recherche, et son héritier n'en fera pas partie.

— Akin… Puis-je vous appeler Akin ?

— Bien sûr.

Son ton conciliant manqua de lui arracher un petit rire. Il avait même l'air surpris qu'elle pose la question. Ne savait-il pas qu'il avait l'air complètement inabordable ?

— Akin, j'ai décidé de choisir mes batailles avec vous. Je veux bien arrêter le projet de recherche, mais j'espère que vous en tiendrez compte quand je vous demanderai de faire des compromis sur les choses qui me tiennent vraiment à cœur. Comme, par exemple, ne pas aller à Baaqi.

— Vous savez, Hannah, j'ai passé plus d'une décennie à diriger des armées. La guerre, c'est mon métier. Peut-être que vous battre contre moi, quelle que soit la bataille, est tout simplement une mauvaise idée.

Oh. Elle aurait pu fondre en larmes. Elle ravala sa panique et se redressa contre le dossier, la tête haute, décidée à garder son sang-froid, décidée à garder sa liberté.

— Je suis obligée de me battre avec vous, Akin. Mettez-vous à ma place une seconde. Vous vous projetez ? Bien. Ce que vous ressentez pour ce bébé, je le ressens aussi, mais mille fois plus fort. C'est une part de *moi*.

— Je vois, dit-il poliment.

Puis il se tut, comme s'il attendait qu'elle poursuive. Mais elle n'avait rien d'autre à dire : elle savait qu'il rejetterait tous ses arguments. Elle appréciait qu'il lui laisse l'espace de s'exprimer, mais il finirait par lui rappeler qu'elle n'avait pas voix au chapitre.

Et elle avait envie de hurler.

Elle émit un gémissement de frustration et laissa tomber son visage dans ses mains. Il hocha la tête.

— Vous commencez à comprendre. Je suis navré, Hannah.

— Non ! Non, je ne comprends pas ! Personne n'a besoin de *savoir* que c'est le bébé d'Eijaz !

— Je le sais. Mes parents le savent. Vous le savez. Et vous ne pouvez pas retirer à cet enfant son droit imprescriptible. Il est héritier du trône. Que voulez faire ? Attendre ses dix-huit ans puis lui montrer Baaqi sur la carte ? « Tiens, c'est à toi. Va diriger ce pays. »

— Épargnez-moi vos sermons, Akin.

Les larmes lui brûlaient les yeux et elle peinait à les retenir. Elle se tourna vers la vitre et regarda le paysage défiler. Ils étaient sortis de la ville et devaient s'approcher de la piste privée. Elle serra les dents, mais quand elle reprit la parole, sa voix était toujours lourde d'émotion.

— Quand j'ai décidé d'avoir ce bébé toute seule, j'ai réalisé que c'était mieux comme ça. Tellement plus simple. Pas d'autre parent pour me discréditer, pas de disputes qui pourraient lui faire du mal. Je ne veux pas une vie grandiose. Je veux juste une petite famille. Moi, mon enfant, peut-être un poisson rouge ou un chat. Et vous êtes en train de me dire que j'en demande trop ? J'ai le droit de donner à mon bébé la vie que je veux pour lui. C'est une bonne vie !

— Je suis d'accord avec vous. Je vous envie d'avoir connu une existence simple jusqu'à maintenant. Mais votre venue à Baaqi nous dépasse tous les deux, Hannah. Ce n'est pas une décision individuelle. Nous devons faire des sacrifices pour le bien commun et pour le bébé.

— Oh ? fit-elle, amère. Et quel sacrifice allez-vous faire ?

— Je vais épouser une inconnue, moi aussi. Je vais devenir père alors que je n'y suis pas préparé.

L'adrénaline fusa en elle, fulgurante.

— Quoi ? Non !

Spontanément, elle se lança sur la poignée de la portière. Il réagit aussitôt, vif comme une vipère ; son corps solide pressa le sien contre le siège, et sa main se referma sur la sienne. Il l'avait canalisée si rapidement, si facilement qu'elle ne remarqua qu'à retardement la précaution avec laquelle il l'avait attrapée. Elle ne pouvait échapper à sa poigne, ne pouvait repousser le mur de son corps puissant, mais elle était protégée plutôt que bridée.

Le souffle court, le buste frôlant le sien, elle leva les yeux vers lui. Il irradiait de chaleur, et ses prunelles avaient la couleur profonde et riche du café noir. Le bout de son nez droit effleurait le sien. Il sentait l'after-shave, léger et épicé, la neige et la laine humide. Il ne détourna pas le regard.

— Je vous l'ai déjà dit, je protégerai ce bébé au péril de ma vie, Hannah. Même contre vous, si c'est nécessaire. Pouvez-vous me promettre que vous ne ferez pas de bêtise ?

— Non, siffla-t-elle. Et je n'épouserai pas un inconnu.

— Nous n'avons pas besoin de rester mariés pour toujours. Une alliance sera bénéfique pour le bébé. Et je suis navré d'être aussi pragmatique, mais un mariage aidera aussi à faciliter les choses avec la presse.

— C'est… C'est horrible ! Tout ce que vous me dites est horrible ! s'écria-t-elle en se débattant pour le repousser.

En vain, évidemment.

— C'est la réalité, Hannah.

Il la retint une seconde de plus – juste pour lui prouver qu'il avait l'ascendant sans effort, elle en était certaine. Il reprit ensuite sa place de son côté de la banquette, mais ne la quitta pas des yeux.

— Le monde d'aujourd'hui ne juge pas une femme enceinte et célibataire, et mon pays accepterait aussi un monarque conçu avec une inconnue qui ne connaîtrait rien de notre culture. Mais les deux en même temps ? Ce sera difficile. Et pire encore…

Il déglutit visiblement, le visage impassible.

— J'espère pouvoir vous faire confiance ? s'enquit-il.

— À qui voulez-vous que je raconte vos secrets, Akin ?

— C'est vrai, j'oubliais.

Toujours aussi aimable.

La voiture s'arrêta devant un élégant jet privé. Elle s'enfonça plus profondément dans son siège, les mains crispées sur sa ceinture, prête à se battre pour ne pas sortir de la voiture, pour ne pas monter dans cet avion.

— Laissez-nous parler en privé, lança Akin à ses hommes.

Ils sortirent du véhicule et se postèrent près des marches, auréolés par le crépuscule enneigé.

— Mon père est malade. Il s'apprêtait à abdiquer avant qu'Eijaz n'apprenne son propre diagnostic. La santé de mon père a beaucoup décliné depuis la mort de mon frère. Ma mère est dévastée par le chagrin. Nous voulions attendre un an avant que j'accède au trône. Et maintenant…

Il agita sa main d'un geste retenu, trop subtil pour illustrer le cataclysme qui venait de faire voler leurs vies en éclats.

— Et maintenant ? murmura-t-elle, toujours tendue.

— Maintenant, je dirigerai le pays en tant que régent jusqu'à ce que mon neveu soit en âge de régner. Et compte tenu de l'influence et de la responsabilité que j'aurais sur votre fils, il serait préférable que je sois reconnu comme votre partenaire. Dans le cas contraire, vous serez traitée comme une mère porteuse, rien de plus.

— Une mère… Je vous interdis, Akin, je vous *interdis* de suggérer une chose pareille ! Je ne suis pas un four à pain. Je suis enceinte parce que je veux cet enfant, je le veux de tout mon cœur. Vous n'avez aucun droit sur lui ! Vous comprenez ? Vous n'avez aucun droit sur lui !

Elle criait, maintenant, mais Akin restait imperturbable. Il se contenta de secouer la tête, comme s'il avait affaire à une gamine récalcitrante.

— Qu'avez-vous l'intention de faire, Hannah ? Vous ne pouvez pas abdiquer au nom de votre fils. C'est lui qui prendra cette décision dans dix-huit ans. Vous ne pouvez pas non plus l'élever normalement, ni prendre sa protection en charge. Allez-vous refuser de le préparer à tous les défis de la couronne ? Dites-moi, quelle est l'alternative ?

Il avait sur le visage cet air de patience condescendante qu'elle aurait aimé effacer avec une bonne gifle. Mais il avait gagné, il le savait. Elle n'avait pas le choix. La clinique lui verserait peut-être de l'argent pour leur erreur, mais jamais assez pour traîner les Sarraf en justice.

Son intelligence ne suffirait pas, cette fois-ci. Elle n'avait aucune issue. Elle enfouit son visage dans ses mains, la seule fuite qu'on lui autorisait encore. Même la colère s'était tue. Elle aurait toute sa vie pour se révolter contre cette injustice, pour crier, pour se complaire dans l'amertume. Mais à cet instant, elle ne luttait que contre les larmes.

— Je ne veux pas vous épouser.

— C'est une formalité. Nous ne consommerons pas le mariage.

Oh ! quelle surprise ! Il ne voulait pas consommer le mariage ! Elle laissa échapper un petit rire étranglé. Une étoffe toucha sa main. Elle releva la tête, surprise, et croisa le regard sombre d'Akin. Il ne souriait pas, mais ses yeux s'étaient adoucis ; il lui tendait un mouchoir en soie.

— Je ne pleure pas, marmonna-t-elle en se mouchant quand même. J'essaie de ne pas perdre la tête. Vous ne voulez pas m'épouser non plus, j'imagine. Je ne suis pas le genre de femme que vous auriez choisi, pas vrai ?

Peut-être cherchait-elle à se faire du mal. Elle avait besoin de l'entendre. Elle ne voulait pas d'illusions.

— Je n'ai jamais eu la chance d'avoir le choix, à ce sujet. Il était convenu que mon frère choisirait une épouse dans la liste dressée par ma mère et devrait concevoir un héritier avant que je ne puisse faire de même.

— C'est très… pragmatique. Et l'amour, dans tout ça ?

— Vous avez choisi la façon la plus détachée qui soit de faire un enfant. Vous comprendrez facilement qu'un bon mariage n'unit pas les cœurs, mais les intérêts.

Son beau visage s'assombrit encore.

— Vous et moi partageons un intérêt. Un intérêt qui nous est extrêmement précieux. Le mariage est la meilleure décision, pour chacun de nous.

— Ce n'est pas votre enfant, martela-t-elle.

— Il fait partie de ma famille.

— Mais…

Elle hésita, mais se força à poser la question. Elle avait besoin de savoir ce qu'il attendait de l'avenir.

— Et vous ? Vous ne voulez pas avoir d'enfants ?

— Nous pourrons revenir sur ce sujet plus tard, si vous désirez en avoir d'autres également.

— Dans ce cas-là, notre mariage ne serait plus platonique.

— Nous savons tous les deux que le père n'a pas besoin d'être activement présent pour engendrer, railla-t-il.

— Donc vous ne voulez pas avoir de relations sexuelles avec moi, dit-elle, déterminée à établir clairement leurs perspectives. Comptez-vous avoir d'autres partenaires ?

— Non. Je suis capable de me passer de sexe. Je l'ai déjà fait. En êtes-vous capable également ?

— Oui.

Évidemment. Sa grossesse le prouvait, non ?

— Vous aviez l'intention de travailler à distance, n'est-ce pas ? Vous pouvez le faire à Baaqi.

Sur ce point, il n'avait pas tort. Elle pouvait effectuer la majorité de ses missions en ligne. La plupart des archives et des collections étaient numérisées, et elle avait des contacts à la bibliothèque... Oh ! non – il était en train de la convaincre ! Et elle était trop épuisée pour combattre son impitoyable logique.

— Je ne peux pas partir comme ça, Akin, dit-elle dans un dernier effort. J'ai encore plusieurs semaines de travail...

— Nous nous en chargerons. Mes employés vont s'occuper de fermer votre appartement et de faire envoyer vos affaires avant la fin de semaine. Votre employeur sera prévenu.

Il avait déjà commencé les démarches, elle en aurait mis sa main à couper. Chaque lien, perdu ; chaque porte, close.

— Qu'avez-vous prévu à Baaqi ?

La question avait le goût d'une capitulation.

— Nous nous marierons immédiatement, lors d'une cérémonie privée. Une annonce officielle résumera ensuite les événements. Vous n'aurez pas besoin d'apparaître en public avant la naissance du bébé.

— Le rêve de toutes les petites filles...

Un mariage forcé et expédié, puis elle serait cachée comme un secret honteux. L'étau se resserrait sur son cœur.

— Je ne veux pas...

Sa gorge était si nouée qu'elle peinait à parler.

— Je ne veux pas. Je ne veux rien de tout ça.

— Je sais, souffla-t-il.

Oh ! et il ne lui facilitait pas la tâche quand il se montrait compatissant ! Si seulement il avait été mesquin. Sa voix douce et ses arguments raisonnables étaient bien plus cruels, car elle ne pouvait pas les haïr.

Elle inspira profondément. Elle aurait aimé protester, mais rien ne vint. Juste un soupir. Sa grand-mère ne lui avait jamais tant manqué. Elle se sentait si... vide, soudain.

— Vous serez en sécurité, Hannah. Et votre fils aura une vie incroyable.

Mais *elle* aurait tout perdu. Sa liberté. Sa vie. Et même son bébé. Il serait l'enfant du royaume avant d'être le sien.

— Vous m'enlevez tout ce qui m'est précieux. Je ne sais pas comment je pourrais vous le pardonner, Akin.

Il n'était que le messager, elle le savait. Mais ne se rendait-il pas compte qu'il l'emmenait en enfer ? Elle avait travaillé dur pour se construire, pour trouver un bonheur discret, pour ignorer les insultes dont elle avait trop souvent été victime. Et maintenant ? Maintenant, elle allait être catapultée dans un nouvel endroit, ostracisée parce qu'elle n'en connaîtrait ni la langue, ni les coutumes. Elle était éduquée, et on lui avait appris les bonnes manières, mais elle n'arriverait jamais à imiter une sophistication comme celle d'Akin – innée, aristocratique, précieuse comme un diamant. Les gens comme lui ne comprenaient pas la vie des gens comme elle. Ils avaient toujours préféré rire et la pointer du doigt. Elle allait revenir aux horreurs du lycée. Écouter les moqueries, subir leur jugement, et se taire, et endurer.

Et comment traiteraient-ils son bébé, s'il n'avait pas l'air tout droit sorti d'un tableau de Botticelli ? Elle…

Elle foudroya Akin du regard, accusatrice.

— Que se passe-t-il ? demanda-t-il.

Elle ne laisserait personne insulter son fils. Personne. Elle voulait avoir le pouvoir de le défendre.

— Si je vous accompagne, je veux établir un contrat prénuptial clair et juste afin de répertorier les termes de notre mariage et de notre divorce. Il devra inclure un langage précis et rigoureux attestant mon droit de superviser chaque étape de l'éducation de mon enfant. Si vous acceptez…

— J'accepte.

— C'est une promesse ? Plus de mensonges, n'oubliez pas, rappela-t-elle, méfiante.

— Vous avez ma parole, Hannah.

— Bien.

Elle tira sur la poignée et marqua une pause en voyant le tapis rouge, déroulé jusqu'aux marches de l'avion et parsemé de flocons immaculés.

Qu'avait-elle fait ? Où allait-elle ?

Mais Akin avait déjà contourné la voiture et lui présentait son bras pour la guider d'un monde à l'autre.

3.

Akin s'était attendu à ce qu'Hannah boude pendant tout le trajet, puisqu'elle s'était assise en silence et avait immédiatement pressé sa tempe contre le hublot. Mais il avait été injuste. Elle était simplement exténuée. Elle s'endormit avant même que l'avion ne quitte le tarmac.

Un écho de quelque chose – quelque chose qui ressemblait à s'y méprendre à de la culpabilité, ou pire, de l'inquiétude – résonna contre le bouclier qui le séparait habituellement du commun des mortels. Peut-être aurait-il dû insister pour qu'elle s'installe dans le compartiment privé. Pouvait-il la réveiller ? Elle s'était endormie si vite, si facilement… Il attendit le décollage, puis la stabilisation de l'appareil avant de faire apporter un oreiller et d'incliner son siège. Elle dormait toujours à poings fermés quand il la fit glisser contre le dossier, dans une position plus confortable. L'hôtesse lui tendit une couverture, qu'il étendit sur elle.

Dans l'espoir de trouver le sommeil à son tour, il abaissa son propre fauteuil à côté du sien. Pendant vingt ans, il avait fondé son énergie vitale sur le devoir et l'adrénaline, et cet état de fait avait encore empiré pendant ces derniers jours. Ces derniers mois. Il avait fait remarquer à Hannah que son fils aurait besoin d'une éducation à Baaqi s'il voulait pouvoir gouverner à dix-huit. Ironiquement, lui-même ne s'en sentait pas particulièrement capable à trente-deux.

Dans son pays – dans sa famille –, l'aîné était préparé pour le trône. Chéri, encouragé, idolâtré. Quand il n'était pas à l'école,

Eijaz avait passé son temps avec leur père pour apprendre les subtilités de la diplomatie et du protocole.

Akin n'avait jamais été qu'une garantie, reconnu comme un membre de la famille royale, mais écarté, subtilement, parce que superflu. Lorsqu'il revenait de l'école, Akin allait s'entraîner avec l'armée. Il avait commencé avec l'infanterie dès ses douze ans. Il avait gravi les échelons comme ses camarades : comme il le convenait, il avait fait ses preuves au même titre que ses compatriotes, avant qu'on ne lui donne le commandement de ses propres forces.

Si leurs éducations avaient été si clivées, c'était sans doute parce que leur père avait lutté contre son cadet pour le trône, au début de son règne. Il avait été clair sur ce point : la valeur d'Akin résidait d'abord dans sa loyauté absolue envers Eijaz.

Akin avait toujours été dévoué à son aîné, et Eijaz lui avait rendu son affection. Ils étaient proches, malgré leurs différences. Sa mère, brisée par le chagrin quand il était encore très jeune, n'avait jamais montré que du ressentiment à son égard ; et son inimitié s'était encore exacerbée depuis la mort d'Eijaz, aiguillonnée par le déclin de sa santé mentale.

Akin avait été élevé dans le sentiment de sa propre infériorité, mais il n'en avait jamais porté rancune à son frère. Cependant, quand Eijaz s'était vu confier plus de responsabilités dans le but d'alléger le fardeau de leur père, Akin en était venu à s'interroger sur les capacités à gouverner de son frère. Plus il avait de richesses à contrôler, et moins il se contrôlait lui-même. La drogue et sa santé physique et psychologique avaient-elles joué un rôle dans son attitude ? Il n'en savait toujours rien. Les tensions avaient culminé deux ans plus tard, quand Eijaz avait décidé de transformer Baaqi en paradis d'idéaux modernes – une ambition à laquelle leur père s'était toujours opposé. Et ce tournant politique, d'échelle cataclysmique, n'avait pas joué en leur faveur dans une région où les valeurs traditionnelles étaient tenues en haute estime.

Akin s'était trouvé dans une situation impossible. Il avait tenté d'aborder le sujet, mais son père l'avait accusé de frôler dangereusement la trahison. Il n'avait pas eu d'autre choix que de limiter les dégâts déjà produits – parfois de manière radicale, puisque les dissidents avaient réagi dans la violence.

Il avait craint le jour où Eijaz monterait officiellement sur le trône. Bien sûr, jamais il n'avait souhaité la mort de son frère. Jamais. Mais le fardeau de la culpabilité pesait néanmoins sur ses épaules. Le cancer d'Eijaz avait été agressif et tragique. Pendant que ses parents soutenaient leur fils, Akin avait endossé la charge du royaume. Et quand l'impensable était arrivé, trop vite, trop brutalement, ils avaient tous été dévastés. Mais Akin n'avait pas eu le temps de faire son deuil, de s'appesantir sur la souffrance, de laisser libre cours à ses émotions. Il devait se préparer à la couronne. Son père était plus faible que jamais, et la pression de la gouvernance ne faisait que raccourcir le peu de temps qu'il lui restait.

Malgré ses graves problèmes cardiaques, le roi s'accrochait férocement au trône. Il s'était d'abord mis en tête que le sperme d'Eijaz permettrait de concevoir un héritier. Ne pourraient-ils pas demander à une femme noble de donner naissance au futur monarque sans épousailles ? Ou devraient-ils faire appel à une inconnue, commissionnée exclusivement pour porter l'enfant d'Eijaz ? Le peuple accepterait-il cette alternative ? Et si la conception échouait, que leur resteraient-ils ?

Après maintes discussions, ses parents s'étaient résignés. Akin jouerait le rôle pour lequel il était né : l'héritier de substitution. Il engendrerait le prochain monarque dans le respect des traditions : au sein d'un mariage arrangé avec une femme de haut rang.

Et il avait dû donner l'ordre de détruire les échantillons de son frère. C'était une décision empoisonnée, digne d'un roi shakespearien, d'un homme impitoyable s'assurant que sa lignée ne serait pas menacée par l'hypothétique descendance de son frère. Il en était encore malade. Prendre la place d'Eijaz ne lui avait apporté que malheur et regret.

Quelques heures plus tard – trois jours avant sa rencontre avec Hannah –, la clinique avait confirmé la suppression de cinq échantillons, et la disparition d'un dernier. Il avait immédiatement pris l'avion pour New York et attendu leur conclusion.

Eijaz riait-il de lui, où qu'il soit maintenant ? Il n'y avait pas de doute : si l'accouchement d'Hannah était prévu pour fin décembre, elle avait été inséminée très peu de temps après la mort de son frère. C'était le genre de mauvaise plaisanterie qu'Eijaz aurait absolument adoré.

Akin tourna la tête pour contempler Hannah. Elle avait les joues rondes et roses. Comme elle était affalée contre le dossier, son menton avait doublé et ses lunettes s'étaient coincées de travers. Il les retira doucement et les posa sur la tablette. Quel drôle d'oiseau. Si terne et brune et effacée ; et pourtant, quand elle était provoquée, ses plumes s'ébouriffaient comme celles d'une poule en colère. Elle lui rappelait les oies du parc, dans son pensionnat en Angleterre. Territoriales, et toutes prêtes à pincer les fesses d'un sale gamin à coups de bec.

Je ne veux pas vous épouser.

Et comme un coup de bec, ses mots avaient pincé son ego. Très légèrement. Ne savait-elle pas qui il était ? Même un deuxième fils avait un certain succès, habituellement.

Je ne suis pas le genre de femme que vous auriez choisi, pas vrai ?

La question avait réveillé une douleur enfouie depuis longtemps. Si sa mère avait commencé la sélection de leurs épouses potentielles dès leur enfance, l'œil rivé sur les succès sociaux, les scandales habilement évités et les lignées les plus nobles, il avait toujours été clair qu'Akin devrait attendre le mariage de son frère et la naissance d'un héritier avant de pouvoir faire de même. Et lorsqu'il avait envisagé de défier cette convention, il avait vite été remis à sa place.

Et depuis, il avait toujours laissé l'idée du mariage de côté. C'était un projet lointain et intangible. Il avait eu quelques liaisons, la plupart hors du pays. Il avait toujours averti ses amantes au préalable : leur relation ne pouvait être que temporaire. Si elles y voyaient un inconvénient, ils ne dépasseraient pas le dîner. Mais elles acceptaient toujours ses conditions. Passer la nuit avec un prince revêtait un certain prestige, aussi éphémère soit-il. Et un futur roi… Un futur roi était irrésistible. Les femmes de la haute société avaient afflué autour de lui par légions depuis la mort de son frère. Cette course-poursuite l'avait immédiatement épuisé, mais cela ne signifiait pas qu'il voulait se marier demain. Ou se marier avec *Hannah*, une bibliothécaire en vieux pull-over avec une propension à verrouiller ses portières.

Et pourquoi le souvenir de leur rencontre faisait-il naître un rire amusé au fond de sa gorge ? Il en avait le cœur allégé. Incroyable. Il avait pourtant été très agacé, au moment des faits. Peut-être délirait-il. La journée avait été difficile.

Comme il en avait l'habitude, il reprit solidement la bride de ses pensées. Il voulait anticiper les aléas que l'avenir lui réservait afin de mieux échafauder ses ripostes. À quels résultats pouvait-il s'attendre ?

Néanmoins, une migraine latente pulsait sous son front, et il baissa machinalement le regard sur le ventre rond d'Hannah. Elle avait si facilement, si simplement placé sa main contre sa peau tiède pour lui faire sentir le vestige qu'il lui restait de son frère – vivant, plein d'énergie. Les qualités les plus parfaites, les plus innocentes d'Eijaz, dénuées de toute vanité, de toute vénalité.

Et alors qu'il se laissait bercer par le souvenir étrangement délicat de ce moment partagé, les doigts du sommeil caressèrent finalement ses paupières. Pour la première fois depuis des années, il sombra dans une torpeur profonde, sans aucune angoisse.

La déception de la reine était palpable. Son regard affligé déchira Hannah comme un coup de poignard. Sans surprise, l'humiliation commençait déjà. Elle espérait juste que le sourire qu'elle avait scotché sur son visage tenait bon.

La mère d'Akin finit par prendre la parole, en arabe.

— S'il te plaît, parle en anglais, Ummi. Hannah est américaine.

D'accord, Hannah sortait tout juste de l'avion. D'accord, elle était aussi pimpante qu'un vieux sac en plastique. Et la reine Gaitha était en deuil… Mais son expression de dédain n'avait rien à voir avec le chagrin. D'un geste nonchalant, sans prononcer un mot de plus, elle la congédia en lui faisant signe de suivre une domestique.

Hannah leva les yeux vers Akin, hésitante, mais il se contenta de hocher la tête. Si distant. À quoi s'était-elle attendue ? Il ne serait son mari que de nom. Il n'allait pas venir à sa rescousse à chaque fois qu'elle se sentirait vulnérable.

Elle devrait naviguer sur ces eaux inconnues toute seule.

Une jolie jeune femme la guida hors de la pièce. Dans le couloir, elle lui apprit qu'elle s'appelait Nura et qu'elle parlait plusieurs langues, dont l'anglais et l'arabe.

— Le mariage aura lieu tout à l'heure, dès que vous et le prince Akin vous serez changés, dit-elle.

— Nous changer ? Mais avec quoi ?

Elle n'avait même pas de sac de voyage. Un rire vaguement hystérique lui chatouillait la gorge.

— Oh ! nous avons beaucoup de choix !

Elles entrèrent dans un magnifique hall carrelé de mosaïques et décoré de hauts miroirs aux cadres d'or. Ils reflétaient, au centre, une grande table ronde et son énorme bouquet de fleurs fraîches. À sa gauche, Hannah entrevit un salon spacieux avec vue sur une cour, où la végétation luxuriante jetait des ombres fraîches dans l'eau azur d'une piscine de forme courbe. Un véritable jardin d'Éden.

Elle suivit Nura dans un petit couloir et jusqu'au… spa du palais, sûrement ? Un énorme siège de coiffure était posté devant un miroir en pied rétroéclairé. Comme dans un véritable centre esthétique, il y avait des brosses, des ciseaux, des accessoires de coiffure, une station de manucure et de pédicure avec leur propre fauteuil massant. Et de l'autre côté de la pièce, des grandes psychés encerclaient une élégante estrade. Nura fit coulisser deux portes et lui révéla une luxueuse boutique. Des robes de toutes les couleurs, des rangs entiers de chaussures, de sacs à main, des dizaines de foulards, de ceintures, de parures… Hannah cligna des yeux.

— J'avais pensé à celui-ci, mais il y a d'autres options,

proposa Nura en lui présentant un magnifique caftan de satin gris perle.

La coupe était modeste, avec de longues manches et un col haut, mais l'étoffe était sublime, mate, ruisselante et brodée de perles argent et or. Elle était assortie à un voile si délicat qu'Hannah ne put retenir une exclamation d'admiration.

Ridicule. Depuis quand se souciait-elle de ce qu'elle portait ? Voilà qu'elle avait hâte de se pavaner dans une jolie robe – qu'elle porterait, soit dit en passant, pour son *mariage forcé*. Le monde était tombé sur la tête.

Elle s'efforça de sourire chaleureusement à Nura.

— Merci beaucoup, c'est vraiment parfait. Pourriez-vous me montrer où je serai installée ? Je voudrais me laver avant d'essayer la robe.

— Nous y sommes, princesse.

— Ah, je crois que je me suis mal exprimée, fit Hannah en riant. Je sais que je vais vivre au palais, mais je voulais dire, ma chambre. Est-ce qu'elle est loin de cette boutique ?

— Ce n'est pas une boutique, princesse. C'est votre dressing. Je suis votre dame de compagnie. Votre assistante arrivera demain. Elle s'entretiendra avec vous sur la décoration de la nurserie et vous aidera à engager la nourrice et le reste de vos domestiques. De mon côté, je suis chargée de m'assurer de votre confort et de votre toilette. Une infirmière restera aussi dans la chambre à côté de la mienne jusqu'à l'accouchement pour surveiller votre état.

— Quoi ? Mais je n'ai pas besoin de tout ça ! s'exclama Hannah, prise de panique.

Nura accusa le coup, comme si Hannah l'avait giflée.

— Je... Je ne vous conviens pas, peut-être ? Je suis parfaitement formée pour la prise en charge de votre sphère privée, princesse. Ma mère est la demoiselle de compagnie de la reine. J'ai été éduquée auprès d'elle.

Elle détourna le regard, les yeux dangereusement brillants. Hannah saisit son bras avec ferveur. Sa seule chance de se faire une amie, et elle l'avait déjà gâchée !

— Oh ! Nura, je suis désolée, ce n'est pas ce que je voulais dire. Bien sûr que vous me convenez. Je vais avoir besoin de votre aide. Je ne connais rien de cette vie, et je ne sais pas ce qu'on attend de moi. J'ai juste été surprise, pardonnez-moi.

Nura lui offrit un sourire tremblant et serra sa main sur son bras, puis reprit la visite des lieux. Soulagée, Hannah lui emboîta le pas jusqu'à… la suite palatiale ? Le *lit* à lui seul était plus grand que son ancien appartement. Des immenses baies vitrées donnaient sur la cour, qu'elle voyait maintenant dans toute sa splendeur. Pleine d'arbres d'ornement, de plantes grimpantes et de buissons en fleurs, elle était éclaboussée de soleil et semblait privatisée. Tout près de sa fenêtre, une fontaine murmurait doucement.

Quand elle ouvrit l'une des grandes portes vitrées, le chant des oiseaux flotta jusqu'à elle. En tournant la tête, elle découvrit une volière dans une immense cage dorée. Nura lui montra une grande porte de l'autre côté de la cour, presque invisible sous l'assaut de la végétation.

— Les appartements du prince Akin. Mais vous avez aussi une porte attenante, si vous désirez le rejoindre.

Elle rentra dans la chambre et ouvrit un battant à lattes derrière lequel courait un passage privé.

Hannah cligna des yeux. Son visage s'enflamma à la simple idée de rejoindre Akin quand elle en avait envie. Mais à quoi bon ? Les employés du palais pouvaient venir condamner le passage. Son « mari » ne l'utiliserait jamais.

— La nurserie est à l'étage au-dessus, et l'ascenseur juste à côté de la cuisine.

Toujours sonnée par l'opulence des lieux, Hannah suivit Nura dans la salle de bains. La baignoire (non, le *bassin*), ornée de hautes colonnes en marbre et dotée de jets massants, aurait pu accueillir six personnes. Il y avait aussi la place de caser une station de lavage auto dans la cabine de douche. Et c'était sans parler de tous les détails sublimes – les robinets d'or, les tommettes peintes à la main, les miroirs aux cadres sculptés, les tapis de soie… On lui avait même installé un petit banc capitonné, près du robinet, au cas où elle aurait besoin d'étendre sa royale personne après s'être lavé les mains.

Et dans sa tête, un leitmotiv tournait de plus en plus vite.

Je ne peux pas rester ici, je ne peux pas rester ici.

Une sonnette tinta délicatement.

— La porte d'entrée, expliqua Nura avant de s'éclipser.

Dans un état second, Hannah se laissa tomber sur le petit banc. Que lui arrivait-il ? Elle n'arrivait pas à analyser la situation calmement. Elle se déshabilla et fit couler la douche. Peut-être que se rafraîchir la réveillerait un peu.

Le savon était aérien et sentait bon la vanille. Le shampoing avait le parfum piquant et solaire de l'ananas et de la noix de coco et une texture incroyablement soyeuse. Ç'aurait peut-être été la meilleure douche de sa vie, si Nura n'était pas tranquillement revenue pour l'attendre à l'extérieur de la cabine, serviette en main.

— Hum… Nura… Je n'ai pas l'habitude de me montrer nue devant des inconnus, balbutia Hannah en priant pour que la buée fasse paravent.

— Les femmes enceintes sont au summum de leur beauté, princesse. Soyez fière de porter un futur roi.

Ce n'était pas exactement ce qu'elle avait voulu dire, mais elle se sentait trop vulnérable pour insister. Juste cette fois, elle pouvait bien laisser Nura la sécher et la dorloter.

Après un incroyable massage de pieds au lait hydratant, Nura la mena dans le dressing. Un courrier l'attendait sur une table d'appoint. Hannah s'installa dans le fauteuil de coiffure et ouvrit l'enveloppe pendant que Nura peignait et séchait ses cheveux.

Oh. C'était son contrat prénuptial. Akin allait vite en besogne. Quand avait-il eu le temps de préparer le document ? Et… Comment était-il parvenu à justifier de lui donner la moitié d'un milli… Non. Quoi ? La moitié d'un *milliard* de dollars pour chaque année de mariage !

Hannah manqua de tomber du siège. Ses yeux volèrent de paragraphe en paragraphe. En plus de lui donner le contrôle absolu des décisions quotidiennes, comme la décoration de la nurserie ou l'allaitement, elle serait aussi responsable d'engager et de superviser les nourrices et le personnel du bébé. À condition qu'elle s'informe sur les coutumes et la langue de Baaqi, elle aurait un droit de veto sur la majorité des enseignements que son fils suivrait pendant son enfance ; à l'adolescence, son éducation nécessiterait l'avis des conseillers du trône, mais l'opinion d'Hannah serait également prise en compte. Le contrat incluait des stipulations sur les droits de visite de la reine et le temps que son fils devrait allouer à l'apprentissage de la gouvernance aux côtés d'Akin. Le palais était aussi clairement désigné comme la résidence principale du bébé. En dehors de cela, Hannah serait considérée comme ayant la garde légale de son fils, jusqu'à ce qu'il soit assez mature pour prendre ses décisions lui-même.

Dans une autre pièce, le téléphone se mit à sonner. Nura lui apporta le combiné.

— Cela vous convient-il ? demanda Akin.

Au son de sa voix, son cœur rata un battement. Elle leva les yeux vers son reflet dans le miroir, flou sans ses lunettes. Elle était prête à accepter. Elle allait l'épouser. Comment aurait-elle pu refuser ? Mais Akin… Comment pouvait-il se sacrifier ainsi ? Elle n'apportait rien à cette union.

— Je ne comprends pas, avoua-t-elle. Pourquoi me donnez-vous autant de pouvoir ?

Sa mère l'avait détestée au premier coup d'œil. Il l'avait remarqué, non ?

— Hannah…

Cette façon qu'il avait de prononcer son nom… Comme si elle était la créature la plus étrange qu'il ait jamais rencontrée. Comme s'il ne savait pas quoi penser d'elle.

— Vous êtes la mère de notre futur roi. Ce n'est pas moi qui vous donne le pouvoir. Vous l'avez, quoi qu'il arrive. Je me suis contenté d'en coucher les spécificités sur le papier, comme promis.

— Je… Je me sens perdue, Akin.

— Concentrez-vous sur le présent. Signez le contrat. Épousez-moi. Vous affronterez la suite quand le moment viendra.

Elle secoua la tête, un peu amusée, malgré tout. Pensait-il que de se marier était aussi simple que d'aller emprunter un livre à la bibliothèque du coin ?

Mais ici, c'était presque le cas. Une heure plus tard, elle pénétrait dans une grande salle où plus de deux cents personnes s'étaient réunies.

Akin avait une définition de « cérémonie privée » très différente de la sienne.

L'assemblée n'arrangeait pas son malaise. Nura avait fait de son mieux, mais un peu de maquillage ne camouflerait pas sa fatigue, ses lunettes, ses bagues…

Évidemment, Akin était sublime. Il portait une longue robe d'un vert sombre, ourlée au fil d'or, sur une chemise traditionnelle blanche. Une coiffe immaculée soulignait ses cheveux bruns. Son regard glissa sur elle, rapide et indéchiffrable, mais le cœur d'Hannah partit tout de même au galop.

Au moins, son voile cachait ses cheveux mal coupés. Mais elle avait tout de même l'impression d'être ridicule. Elle…

Arrête. Elle s'était insultée ainsi pendant des années, mais elle avait bataillé pour briser cette mauvaise habitude. L'autoflagellation ne servait à rien.

La cérémonie se déroula en arabe. Sur le côté, une jeune interprète traduisait pour Hannah à voix basse. Certaines parties étaient traditionnelles à Baaqi, mais d'autres appartenaient clairement à la coutume occidentale. Et comme Akin n'était pas homme à agir sans réfléchir ou par excès de sensiblerie, ce n'était sûrement pas un hasard. Il avait voulu faire passer un message politique à l'assemblée. Leur mariage unissait aussi leurs cultures.

Concentrée sur les dynamiques en place, elle en aurait presque oublié le poids du moment. Son *mariage*. Elle retint tout juste un sursaut de surprise quand Akin prit sa main. Il glissa une bague à son doigt. L'anneau incrusté de diamants était serti, au centre, d'une large pierre scintillante. Sa paume trembla dans la sienne. Son souffle s'accéléra. Il serra doucement ses doigts, comme pour lui offrir un peu de réconfort, puis lui tendit l'autre alliance.

La bague la surprit. Elle était très similaire à la sienne. L'anneau était plus robuste et comptait moins de diamants, mais il arborait la même pierre. Le bijou était lourd, rassurant, et l'emplit d'émotion. Les larmes lui montèrent aux yeux quand elle le glissa à son doigt. Elle cligna des paupières, au péril de ses faux cils. Le maître de cérémonie les déclara mari et femme. Akin souleva son voile.

Le moment le plus difficile était arrivé. Plus de protection. Elle était à la merci de leur audience. Akin la regardait, elle, devant tous ces inconnus. Et elle savait qu'elle était inadéquate. Il l'avait laissée lui passer la bague au doigt comme si leur promesse avait un sens, mais rien, rien de tout cela ne signifiait quoi que ce soit.

Et pourtant, Akin la regardait avec détermination, avec solennité. Était-il assez droit pour accorder un peu de valeur à leurs vœux ?

Il lisait sûrement tous ses rêves stupides sur son visage, tous ses complexes, tous ses échecs, la fierté qu'elle s'était acharnée à reconstruire, l'humiliation qui rôdait toujours juste derrière. Son regard abandonna le sien et tomba sur sa bouche. Doucement, il prit son visage dans le creux de sa main. Son pouce caressa sa pommette. Il se pencha en avant.

Il était si grand. En avançant, il buta contre son ventre énorme et marqua une petite pause surprise juste avant... juste avant que ses lèvres se posent sur les siennes. Elle se sentit trembler sous son baiser. Comment un geste si tendre pouvait-il la troubler si profondément ? Elle avait l'impression d'avoir refermé les mains sur un éclat de foudre. Sa chair s'embrasa instantanément. Elle aurait pu se perdre dans son baiser pendant des heures, mais il touchait déjà à sa fin ; un dernier frôlement de ses lèvres sur ses lèvres, doux et adorable et trop vite achevé. Puis Akin se redressa. Son visage était toujours solennel, mais une lueur de curiosité dansait dans ses prunelles.

L'assemblée s'était levée comme un seul homme. La main dans la sienne, il la fit pivoter vers la foule.

Ils étaient mariés.

Comme d'habitude ces derniers temps, Hannah se réveilla en pleine nuit. Impossible de se rendormir. C'était peut-être le décalage horaire, ou le bébé, ou le besoin insomniaque de passer les trente-six dernières heures au crible, maintenant qu'elle était toute seule et qu'elle pouvait paniquer en paix.

Après la cérémonie, elle et son « mari » (toujours aussi difficile à croire) ne s'étaient pas éternisés. Elle avait rencontré une flopée d'inconnus dont elle ne se souviendrait pas et mangé quelques petits fours qui l'auraient intriguée si elle n'avait pas été aussi chamboulée. Globalement, elle avait été scrutée comme un animal en cage jusqu'à ce qu'Akin décrète qu'il était temps de partir en catimini.

Elle mourait de faim, maintenant. Elle passa prendre une banane dans la coupe de fruits du salon et sortit dans la cour pour la manger à la belle étoile. Il faisait si tiède et si clair qu'elle n'avait même pas besoin d'un peignoir. Les oiseaux dormaient, les étoiles scintillaient, la fontaine brillait et le vent était doux et parfumé. Sous un arbre, elle s'assit dans un transat capitonné et ferma les yeux. C'était l'endroit parfait pour avoir une crise d'angoisse. Avait-elle pris la bonne décision ? Fait une terrible erreur ? Avait-elle vraiment le choix ? Quand reverrait-elle New York ? Elle ne connaissait personne ici et…

Un son discret attira son attention. De l'autre côté de la piscine, une porte vitrée coulissa, et une silhouette silencieuse apparut dans la lumière diffuse. Akin. Il portait un peignoir mal noué et un verre à la main.

Il n'avait pas l'air d'avoir dormi. Avec un soupir las, il s'assit sur une chaise longue, finit son verre, puis laissa sa tête tomber en arrière. Il ne l'avait toujours pas vue.

Elle aurait peut-être dû signaler sa présence, mais il y avait quelque chose d'étrangement intime dans cette camaraderie involontaire. Partager le silence de la nuit. Elle sourit dans la pénombre. Quand il glissa une main dans l'ouverture de son peignoir pour se gratter, elle retint un petit rire amusé. D'accord, c'était sûrement le moment de bâiller bruyamment et de se manifester. Dès qu'il aurait retiré sa main, pour ne pas l'embarrasser. Elle n'avait plus qu'à attendre…

Qu'à attendre… Longtemps…

Peut-être qu'il ne se grattait pas, finalement.

Est-ce que… ? Oh ! non.

Vraiment ? Il était… Vraiment !

Il était en train de se masturber !

Elle aurait dû dire quelque chose. Faire quelque chose. Seulement voilà, elle était trop mortifiée pour bouger. La bouche sèche, la gorge nouée, elle ferma les yeux – mais c'était une mauvaise idée, perdre la vue décuplait ses autres sens, et ses sens étaient en ébullition. Ses tétons s'étaient durcis sous sa nuisette, et une brûlure entêtante pulsait entre ses cuisses.

Face à l'image captivante d'Akin, elle avait tout à coup un besoin viscéral de se toucher. De se toucher en le regardant se toucher.

De mieux en mieux ! Elle était excitée par son propre voyeurisme ! Non, elle avait intérêt à garder les yeux fermés.

Mais elle ne garda pas les yeux fermés. L'avait-il aperçue ? Non. Il était toujours couché. Ses cuisses s'étaient ouvertes. Sa main bougeait sous l'étoffe de son peignoir. Ses muscles s'étaient tendus, et sa cadence s'accéléra…

Elle l'entendit inspirer, vivement. Et elle inspira avec lui, brûlante d'excitation.

Il s'immobilisa. Le temps s'arrêta avec lui. Puis il laissa échapper un soupir tremblant et ses épaules se détendirent.

Elle n'entendait plus que le sang rugir à ses tempes. Si fort, si vite. Elle s'attendait presque à ce qu'il le remarque, de l'autre côté de la piscine.

Il soupira à nouveau, de soulagement plutôt que de plaisir. Puis, d'un geste machinal, comme par habitude, il s'essuya avec l'ourlet du peignoir, laissa le vêtement sur la chaise longue et avança vers le bord de la piscine.

Complètement nu.

Hannah resta figée, foudroyée, ébahie. Fiévreuse de désir. D'où sortait-il ? D'un calendrier érotique ? La lumière pâle et bleue de la fontaine jetait des ombres dansantes sur sa peau brune et soulignait les lignes de son torse musclé, de ses abdominaux ciselés, et… oh. Même Michel-Ange ne lui aurait pas fait justice.

Il était encore rigide de désir. Sa propre convoitise tourna à la torture. Elle le dévorait des yeux. Elle se sentait insatiable. Elle était… Elle était excitée, et bouleversée de l'avoir vu se caresser, et honteuse d'être restée pour l'observer, et pire encore – incapable de le regretter.

Et elle avait trouvé quelque chose de triste et de familier dans la façon qu'il avait de traiter son propre plaisir. Comme on expédie une corvée.

Était-il… aussi solitaire qu'elle l'était ?

Il entra dans le bassin sans un bruit. L'eau monta jusqu'à ses genoux, le long de ses cuisses dures, puis, dans un murmure, vint laper ses hanches étroites, son ventre musclé. Elle n'avait toujours pas bougé, mais brutalement il se raidit. Les bras crispés, les poings serrés, il tourna vivement la tête vers elle.

Son regard sombre l'atteignit comme une flèche.

Oh-oh. Elle allait en voir de toutes les couleurs.

— Akin, je…

— J'avais oublié que vous aviez accès à la cour. Retournez vous coucher, Hannah. Vous avez besoin de repos.

Elle cligna des yeux, surprise de ne pas avoir à assumer les conséquences de ses actes. Akin n'attendit pas sa réaction. Il plongea sous l'eau turquoise et entama une série de longueurs, fluides, rapides, achevées à chaque retour par une pirouette efficace.

Elle laissa échapper un rire stupéfait. Quoi ? Pourquoi n'était-il pas en colère ? Perplexe, elle se tourna sur la chaise longue. Les jambes repliées, la joue pressée contre le coussin, elle le regarda nager. Pourquoi restait-elle ? Elle était encore frustrée, encore horriblement embarrassée, mais le mouvement de son corps comme une lame à travers l'eau était hypnotique. Apaisant. Le fracas des éclaboussures au moment de la pirouette et de nouveau son crawl dur, gracile, rythmé par l'étirement puissant de ses bras, encore et encore…

Peut-être qu'elle ne voulait pas rester seule, tout simplement. Au bout d'une quinzaine de minutes, il s'arrêta à sa hauteur et croisa les bras sur le bord de la piscine. Elle soutint son regard.

— Pourquoi n'arrivez-vous pas à dormir ?

Elle fronça les sourcils.

— Pourquoi n'arrivez-vous pas à dormir ?

— J'ai trop de choses à faire.

Trop de choses à faire ? Heureusement, il avait réussi à caser la masturbation dans son emploi du temps.

— Je comprends. Pour ne pas perdre de temps, j'évite le sport, plaisanta-t-elle.

— Cela m'aide à me vider la tête et à m'endormir.

Sans blague. Non, elle n'avait pas le droit d'éclater de rire. Dieu merci, l'obscurité cachait ses joues brûlantes, mais elle continuait de le regarder bêtement, incapable d'aligner trois mots cohérents ; stupide et curieuse et…

— Avez-vous besoin de quelque chose, Hannah ?

De soutien ? D'un peu d'apaisement ?

— J'aimerais bien une tasse de thé, mais je ne veux pas déranger Nura.

— Votre domestique ? Allez la réveiller. C'est son travail.

— Quoi ? Non, ça n'a aucune importance, protesta-t-elle. C'est juste… Tout ça, c'est très étrange pour moi, Akin. Vous devez vous en douter, non ?

— Vous vous y habituerez.

Pour la compassion, elle repasserait.

Mais quelque chose la tenaillait toujours. Elle avait assez tourné autour du pot. Elle prit le taureau par les cornes.

— Akin, vous devez être en colère contre moi.

Un éclair de surprise sur son beau visage, puis il dit :

— Pas du tout. La colère, comme toutes les émotions, est une perte de temps.

— Sérieusement ?

— J'ai vécu la guerre, Hannah. La colère encourage l'impulsivité et les pires actes d'autodestruction. Rester rationnel sauve des vies. Et comme vous l'avez dit vous-même, il faut choisir ses batailles. Je ne me bats pas lorsque c'est inutile.

Elle laissa retomber son visage contre le coussin, pensive.

— Notre mariage ne me met pas en colère, continua Akin, cette fois avec un lent sourire. Et que vous soyez restée ce soir non plus. Mais la prochaine fois, si vous voulez me regarder quand je me touche… Demandez-moi, hmm ? À charge de revanche.

Puis il glissa sous l'eau et reprit sa nage.

Elle écarquilla les yeux et couvrit sa bouche. Sous la consternation, un stupide fou rire montait en elle comme des bulles de champagne. À charge de revanche ? Akin avait-il fait de l'humour ? Mais oui. Elle ne se trompait pas. Il avait plaisanté. C'était un vrai miracle !

4.

À chaque fois que quelqu'un le félicitait pour son récent mariage, Akin était surpris. Les courbettes ne l'intéressaient pas. Il avait des choses plus importantes à gérer. Certaines factions ennemies, espérant que la mort de son frère affaiblirait Baaqi, avaient encouragé des émeutes sur plusieurs fronts. Akin s'occupait toujours de les enrayer. Cependant, le monde commençait à assimiler que le cadet des Sarraf était bien moins souple que son frère et qu'un héritier légitime naîtrait bientôt. Une stabilité timide se diffusait de nouveau à travers son pays.

Bien sûr, que l'héritier soit le sang d'Eijaz avait réveillé de vieilles rancœurs. Ceux qui avaient admiré la modernité et le dynamisme de son frère étaient ravis, mais ses détracteurs regardaient la naissance de son fils d'un mauvais œil. Et bien qu'Akin ne porte aucun intérêt aux rumeurs, aux réseaux sociaux ou aux magazines à scandales, il se vit bientôt forcé d'écouter un rapport sur la façon dont son mariage était perçu à l'international.

— « Je n'arrive pas à croire qu'Hannah la Guenon a chopé un prince », lut l'une des sous-fifres de sa mère.

Ses responsables des relations publiques arboraient tous une expression horrifiée, et plusieurs de ses plus proches conseillers s'agitèrent nerveusement. La lecture reprit :

— « Elle a dû échanger les échantillons elle-même. Pas étonnant, vu qu'aucun type saint d'esprit ne voudrait l'engrosser. »

— Hannah est ma *femme*, siffla Akin. Je ne veux plus jamais entendre de telles diffamations. Ne répétez jamais ces mots. Attaquez le magazine en justice.

— Nous avons déjà pris des mesures, Votre Altesse, mais les publications persistent depuis des semaines.

— Qe voulez-vous que je fasse ?

— Persuader la princesse Hannah de faire une déclaration publique ? Elle refuse de…

— Vous lui avez *parlé* de ces articles ? Vous lui avez répété ce qu'ils disent d'elle ?

— Elle le savait déjà. Ils sont disponibles en ligne.

— Vous savez très bien que *je* suis la véritable cible de ses attaques. Ils veulent décrédibiliser ma réputation à l'international et mon autorité sur le territoire. Mais vous avez tout de même décidé de l'impliquer dans ces jeux mesquins et de lui demander une solution ? Elle n'a rien demandé ! Comment osez-vous ?

— La reine…

De justesse, il se retint de critiquer sa mère devant ses employés. L'unité familiale était fondamentale. Cependant, il tourna les talons et quitta la pièce en claquant la porte.

Il n'avait pas beaucoup vu sa femme, depuis leur mariage. Ils avaient dîné deux fois avec sa mère, deux soirées atrocement guindées durant lesquelles la reine avait refusé de parler anglais. Il avait aussi été tenu de voyager plusieurs fois, mais l'infirmière d'Hannah était tenue de l'informer quotidiennement de son état. D'après elle, Hannah était en proie à la fatigue et à l'inconfort, mais rien de plus alarmant. À trois semaines de l'accouchement, c'était inévitable.

Elle n'était pas revenue le regarder nager, depuis leur premier soir à Baaqi. De son côté, il avait limité ses occupations *intimes* à sa cabine de douche. Il était toujours surpris – et excité, certes – qu'elle ait osé l'observer.

Il ne voulait pas être… émoustillé par Hannah. Il ne s'adonnait que rarement aux fantasmes. Jouir était un besoin naturel et superfétatoire, comme l'appétit. Oui, son corps l'exigeait, mais l'abstinence ne le tuerait pas, et il n'aurait pas dû ressentir cette excitation à cet instant même, frappé par l'image vivace d'Hannah arquée contre lui. Que ferait-elle s'il…

Il brida brutalement la tournure licencieuse que prenaient ses pensées. Il arrivait devant ses appartements.

Il secoua la tête, sonna, puis entra.

Sa femme de chambre apparut dans le hall, écarquilla les yeux, puis le mena avec déférence dans le petit salon où Hannah lisait sur sa tablette. Elle la posa sur la table basse en le voyant arriver.

— Akin ! Quelle surprise.

Elle était pâle, les yeux cernés d'épuisement. Comme elle ne souriait pas, il réalisa qu'elle l'avait toujours accueilli avec un sourire, avant aujourd'hui. Cette idée le laissa étrangement désemparé. Elle avait lu toutes ces insultes. Il ne pourrait aborder le sujet sans la blesser, n'est-ce pas ? Il aurait dû y réfléchir sur le chemin, plutôt que de céder à des rêveries indécentes.

— Comment vas-tu ?

Il fallait bien commencer quelque part.

— Je rends grâce à l'inventeur de la clim' à chaque heure du jour et de la nuit, plaisanta-t-elle.

Mais son ton n'était que faussement enjoué, et elle évitait toujours son regard. Après leur escapade nocturne, il avait appris à reconnaître les signes de sa timidité : un sourire retenu in extremis, des joues rosies par l'embarras. Aujourd'hui, il ne voyait que la honte et le chagrin.

Il poussa un soupir et fit signe à la servante de les laisser.

— Je ne suis pas particulièrement perceptif, Hannah. Pas émotionnellement, en tout cas. M'appesantir sur les sentiments d'autrui ne m'a jamais semblé très utile. Je préfère laisser chacun composer avec ses propres démons et me concentrer sur les actes.

Quel préambule. Il n'aurait pas pu avoir l'air plus guindé. Il retint une grimace qui ne concernait que lui.

— Mais je sais reconnaître ton sacrifice. Ce que tu as offert à mon pays est très précieux, et cela t'en coûte, plus que je ne peux sans doute l'imaginer. J'en suis navré.

— Je savais que les réactions seraient atroces. Je ne pensais pas qu'elles seraient *aussi* atroces, c'est tout.

Sa voix se brisa, et sa douleur le frappa en pleine poitrine, si violemment qu'il se prit à serrer les poings. Il redressa immédiatement ses défenses intérieures, déterminé à rejeter cette tendresse inattendue.

— Ne t'inquiète pas de ces articles, Hannah. Les gens dans ma position sont sans arrêt vilipendés. Cela n'a rien à voir avec toi.

Elle émit un petit rire amer.

— Oh ! ça a *tout* à voir avec moi. C'est *à propos* de moi.

— Absolument pas. Tu es la catapulte dont ils font usage pour me lapider. N'en tiens pas compte. N'y pense plus.

— Bien sûr. Ne plus y penser. C'est aussi simple que ça.

Elle détourna le regard vers la fenêtre. Sa gorge pâle trembla sur un sanglot ravalé. Il n'était peut-être pas très perceptif, mais il ne pouvait ignorer son intense souffrance.

— Ce ne sont que des inconnus, Hannah. Leur opinion de toi compte pour moins que rien.

— Ce ne sont pas des inconnus ! Je les ai connus au lycée, à l'université. Certains étaient mes collègues. L'ambassadeur de *mon* pays, qui m'a serré la main à *notre* mariage, a décrit ma grossesse comme un « terrible coup du sort » ! Et ton peuple me déteste. L'un de tes publicistes m'a demandé si je pouvais faire un *régime*. Je suis enceinte ! Quant à ta mère... Elle ne supporte même pas de me regarder en face. Elle sait que je ne mérite pas de porter le bébé de ton frère. Et n'essaie pas de me faire croire que ce n'est pas vrai, siffla-t-elle. Je ne suis pas aveugle, Akin.

— Ma mère ne cherche jamais à se faire des amis. Ne prends pas son inimitié personnellement, ou tu te rendras folle. Crois-moi.

Sous ses sourcils encore froncés, elle lui jeta un coup d'œil trop perspicace. Il avait soudain l'impression d'en avoir trop dit. Il se détourna pudiquement.

L'indifférence de sa mère ne le blessait plus depuis longtemps ; cependant, qu'elle s'en prenne à sa femme était une autre affaire, et il n'avait pas dit son dernier mot.

— Hannah, renvoie mes employés sur-le-champ s'ils te parlent de façon déplacée. Tu as ma complète approbation.

— Je ne vais pas licencier qui que ce soit ! Ce n'est pas mon rôle et je ne suis pas comme ça. Je ne contre-attaque pas. C'est la meilleure façon d'encourager la violence. Si tu te défends, ils sont encore plus horribles la fois suivante.

— Il n'y aura *pas* de fois suivante.

— Il y a toujours une fois suivante ! cria-t-elle. Et je le sais. Je m'y attendais. Je m'y attends toujours. J'ai juste du mal à passer autre chose, cette fois-ci.

Il croisa les bras et pivota de nouveau vers elle.

— Tu t'es déjà trouvée dans une situation similaire ?

— Oh ! pour l'amour du ciel, Akin ! Ouvre les yeux ! Ma vie entière n'a été qu'une série d'insultes et de moqueries ! Sauf que, cette fois, je ne peux pas m'enfermer chez moi et pleurer sur les genoux de ma grand-mère ou changer d'école. Je vais devoir subir leurs regards sur moi toute ma vie et mon bébé va…

Elle ferma les yeux, les lèvres pincées. Une larme perça le barrage de ses paupières et roula sur sa joue, mais elle l'essuya d'un mouvement vif.

— Hannah…, murmura-t-il.

— Je suis juste le genre de personne que les gens aiment persécuter. Je n'ai jamais compris pourquoi. Je suis gentille. Je suis transparente. Mais j'ai toujours été la tête à poux ou Hannah l'Éléphant ou la Bibliothécaire Frigide. Pourquoi ? s'écria-t-elle, les yeux brûlants de colère et de larmes retenues. Parce que je ne suis pas jolie ? D'accord. Ce n'est pas la fin du monde. Passons à autre chose. Ce n'est pas une excuse pour être cruel. Je ne peux rien y faire !

La blessure qu'elle avait ouverte dans sa poitrine se muait en véritable gouffre. Il connaissait cette douleur. Il connaissait le rejet et l'abandon. Tous ses souvenirs d'enfance en étaient souillés.

Pourquoi avait-on toujours exalté la mauvaise conduite d'Eijaz alors que sa propre application était constamment ignorée ? Pourquoi son frère, dont les farces et les caprices étaient monnaie courante, était-il si supérieur à lui, qui obéissait à ses aînés et suivait scrupuleusement les règles de politesse ? Il n'y avait pas de réponse rationnelle. Il n'y avait pas de réponse *juste*.

— Bref, peu importe, marmonna Hannah, les lèvres tremblantes. Désolée de pleurnicher. Je ne dors plus et je suis sous influence hormonale. D'habitude, je ne suis pas aussi faible.

Elle n'était pas faible. Il ne savait pas exactement décrire ce qu'elle était : elle le surprenait constamment et elle faisait naître en lui des émotions impossibles, le désir, la compassion, la complicité, et elle… Elle n'était pas faible.

— D'habitude, quand je me sens larmoyante, je me jette dans le travail. Je termine des demandes de subventions ou je vérifie que tous les livres des environs sont à leur place. Ta bibliothèque n'a pas besoin d'être réorganisée de fond en comble, à tout hasard ?

Ne fais pas ça, aurait-il aimé lui dire. N'essaie pas de détourner l'attention pour te protéger. Pourtant, il avait exactement le même mécanisme de défense. Elle se cachait derrière l'humour, il se cachait derrière l'action.

— Nous avons une bibliothèque, déclara-t-il en éclaircissant sa gorge nouée, mais elle est scrupuleusement organisée. Cependant, nous avons des livres dans de nombreuses langues. Tu y trouverais sans doute des choses intéressantes. Veux-tu que je te montre ?

— Akin, tu es un homme très occupé. En tout cas, c'est ce qu'on me dit quand je pose des questions sur toi.

Elle lui sourit, mais l'expression s'évanouit bien vite. Le remords lui mordit le cœur. Elle se sentait seule, et il avait gardé ses distances. Pourquoi ? De quoi avait-il peur ?

— J'ai déjà vu la bibliothèque, le rassura-t-elle. Elle est magnifique. Mais là, maintenant…

Elle se dandina jusqu'au bord du canapé.

— J'ai besoin d'aller faire pipi. *Encore.*

Il s'avança et l'aida à se lever en la tenant par les coudes.

— Voilà pourquoi je suis épuisée. Créer un bébé, c'est du

boulot. Souviens-toi de ça quand je te taperai tellement sur les nerfs que tu voudras m'abandonner dans le désert.

Soudain, il céda à une impulsion qu'il ne se souvenait pas d'avoir jamais eue. Il l'attira dans ses bras et la serra contre lui. Son ventre était un peu dans le passage, bien sûr, et elle émit un « oh ! » de surprise, mais il ne recula pas. Après une seconde d'hésitation, elle obéit à la légère pression de sa main sur ses cheveux et laissa aller son front sur sa poitrine.

— Tout ira bien, Hannah.

Il ne savait pas ce qu'il disait. Il ne savait pas s'il disait la vérité ; et sa conscience tressaillit, car comment pourrait-il s'assurer que tout irait bien ?

— Dès que je me convaincs que tu es un grincheux coincé et que tu m'évites comme la peste, tu fais quelque chose qui me surprend complètement.

— Je ne t'évite pas.

Il posa son menton au sommet de son crâne. Ses cheveux n'étaient pas châtains, comme il l'avait d'abord pensé. Ils avaient des reflets couleur cannelle, cuivre et chocolat.

Vraiment… Depuis quand se prenait-il à poétiser sur la chevelure d'une femme ?

— Tu me parles à peine, Akin, marmonna-t-elle contre son torse. Et je porte le bébé qui usurpera ce que tu pensais avoir obtenu en ton nom. Tu dois bien nous en vouloir…

— Oh ! Hannah.

Il se prit à jouer avec un épi très doux qui ondulait sur sa nuque et ferma les paupières.

— Je ne parle à personne, à part pour donner des ordres. Quant à la couronne… Je n'ai que de la compassion pour ton fils. J'espère de tout mon cœur qu'il deviendra, avec notre soutien et notre éducation, une personne capable de supporter le fardeau de sa position sans en être avili.

Il avait si peur que ce bébé marche dans les pas d'Eijaz, et que ses propres efforts pour maintenir l'indépendance de Baaqi soient un jour brisés par l'impulsivité égoïste d'un play-boy. Il poussa un soupir et laissa glisser sa main sur l'échine d'Hannah pour masser le bas de son dos.

— Je compte sur toi pour être une bonne mère. Parce que je ne sais absolument pas comment être un bon père.

Elle se raidit et recula brutalement. Il cligna des yeux, blessé par son rejet – il avait simplement voulu la réconforter. Mais le visage d'Hannah n'était pas froissé de dégoût, il y lisait seulement de la panique et une expression choquée…

— Hum… Je viens de perdre les eaux, dit-elle.

Akin appela immédiatement l'infirmière, qui fit transférer Hannah à l'aile médicale. Puis il repartit travailler. Il n'aurait servi à rien en salle d'accouchement.

Il saurait faire preuve de patience.

Mais cela prenait des heures.

Et il tournait en rond.

Non, il avait du travail.

Le lendemain, toujours pas d'annonce officielle. Il trouva ses employés vaquant à leurs occupations comme si de rien n'était. Révolté par leur indifférence, il s'exclama :

— Pour l'amour du ciel ! Quelles sont les nouvelles ?

Une flopée de regards vides. Dans le doute, quelqu'un alluma la télévision.

— Des nouvelles de ma femme !

Le terme roulait sur sa langue comme du miel. Pourquoi donc ? Il n'était pourtant pas homme à se montrer possessif. Ma femme. Mon mari. Étrange, d'être aussi troublé par l'idée qu'il partageait quelque chose avec elle, quelque chose d'unique qui n'appartenait à personne d'autre qu'eux.

Un de ses assistants avait bondi sur le téléphone et lui relaya bien vite les nouvelles.

— Tout progresse normalement. Un transfert à l'hôpital ne devrait pas être nécessaire, mais aucune précaution ne sera laissée de côté pour assurer la santé de notre futur roi.

Et sur ces belles paroles, ils reprirent tous leur travail. Hannah, elle, était parfaitement oubliée.

Mais elle était si… petite. Personne ne l'avait-il donc remarqué ? Elle lui arrivait tout au plus à la poitrine. Et elle n'était vraiment qu'un ventre ambulant, alors qu'Eijaz avait le même physique que lui : taillé comme un bœuf.

Pourquoi ne s'inquiétaient-ils pas pour elle ? Il avait envie de crier. Elle n'était pas… accessoire ! Submergé par une fureur inattendue, il s'efforça de renvoyer ses émotions à la boîte scellée dans laquelle il les confinait habituellement.

En vain. Une question anodine suffit à en faire éclater le couvercle.

— Qui lui a demandé de perdre du poids ? Trouvez le coupable et mettez-le à la porte, cracha-t-il à la ronde. Et dites à l'ambassadeur américain de rentrer chez lui et de reprendre le contrôle de ses médias. Il ne sera pas le bienvenu à Baaqi tant qu'il n'aura pas personnellement présenté ses excuses pour l'incompétence de sa presse !

Il martela son bureau d'un index menaçant.

— Et dites au secrétaire de ma femme que l'ambassadeur américain n'a plus le droit de s'entretenir avec elle, sous aucun prétexte et sous aucune forme ! Ni en personne, ni au téléphone. Retournez ses lettres s'il ose lui écrire.

— Je… Votre Altesse, je suis navré, mais comment pourrait-il s'excuser personnellement s'il ne peut…

— Il passera par moi ! siffla Akin, létal.

Toute l'équipe baissa prudemment la tête. Son assistant, qui l'avait servi avec brio pendant plus d'une décennie, déglutit bruyamment.

— Bien sûr, Votre Altesse. À vos ordres. Je m'en occupe.

Akin avait déjà fait volte-face et aboyait par-dessus son épaule qu'il serait dans l'aile médicale jusqu'à nouvel ordre.

Quand il arriva sur les lieux, l'infirmière d'Hannah l'arrêta avant qu'il n'atteigne la salle d'accouchement.

— Elle pousse. Tout va bien. Le rythme s'accélère, ce qui peut être un peu angoissant. Elle n'a pas beaucoup de temps pour reprendre son souffle entre les contractions, mais elle s'en sort bien.

— Elle a… mal ?

Imaginer la douleur d'Hannah lui faisait l'impression qu'on lui transperçait les entrailles.

— Elle a mal, oui, répondit la jeune femme avec la patience qu'on réserve aux imbéciles.

Bien sûr. Bien sûr, Hannah avait mal. Elle était en train d'accoucher. Il leva les yeux, les sourcils froncés.

Qu'entendait-il derrière la porte ? Du punk rock ?

— C'est sa playlist, expliqua l'infirmière. L'équipe adore. Très bonne ambiance. Mais l'accouchement risque de prendre encore un peu de temps, Votre Altesse. Je ne manquerai pas de vous en avertir quand ce sera terminé.

Elle tourna les talons. Il resta planté là comme un meuble, inutile, encombrant et silencieux. Il avait des choses à faire. Il avait des priorités. Mais il se contenta de tendre l'oreille pour deviner les paroles stupides de la chanson, puis d'une autre encore. Il se pinça l'arête de nez.

Bon Dieu. Il était terrifié, et il avait perdu son sang-froid, et pendant ce temps-là, Hannah accouchait avec tout le panache d'une héroïne de légende.

Un hurlement rageur déchira le tumulte, le genre de cri qu'il n'avait jamais entendu que sur un champ de bataille, et le poignarda en plein cœur. La musique se tut brusquement.

Il s'élança dans le couloir et ouvrit les portes à la volée. Hannah était nue sur le lit, un drap tiré jusqu'à la taille. Une infirmière déposait un nouveau-né rouge et gigotant sur sa poitrine. On avait remplacé la guitare en colère pour une douce sonate au piano, jouée sur un fond de cascade et de baleines.

C'était… c'était si surréaliste qu'il resta figé dans l'encadrement de la porte, bouche bée.

— Votre Altesse ! s'exclama le médecin, scandalisé.

Scandalisé ! Et pourquoi donc, quand c'était lui qui avait le nez sous la jupe de sa femme ? Une infirmière drapa une serviette sur Hannah. D'une main tremblante, Hannah caressa tendrement la petite tête humide du bébé. Ses joues étaient striées de larmes, et ses cheveux rebiquaient dans tous les sens et collaient à son visage en sueur. Elle avait les joues rose vif, mais quand elle lui offrit son sourire parsemé de métal, il lui sembla qu'elle avait refermé la main sur son cœur. Il n'avait jamais rien vu d'aussi magnifique.

— Viens le voir, fit-elle d'une voix éraillée.

Il avança docilement, comme guidé par un sortilège.

— J'étais sûre que les échographies avaient tort et que j'aurais une fille. J'ai toujours voulu avoir une fille. Mais regarde-le, il est si parfait. Plus parfait que dans mes rêves.

Peut-être qu'un jour il pourrait lui donner une fille aussi. C'était une idée stupide, une idée venue de nulle part, et il la balaya immédiatement. Mais il ne pouvait résister à l'envie de la toucher, elle, et il serra doucement son épaule en laissant sa paume s'attarder sur sa peau nue.

— Bravo, Hannah. Bravo.

5.

Hannah avait accouché en avance, mais on approuva son retour dans ses appartements après deux jours de repos.

Elle dut ensuite faire une brève apparition publique pour présenter son fils au roi afin qu'il soit officiellement reconnu. Sur les photos, elle était pâle et encore bien dodue, mais honnêtement ? Elle était trop fascinée par son bébé pour se soucier de l'opinion des autres.

Officiellement, son bébé avait été baptisé en l'honneur de son père, avec une farandole d'autres références à sa famille, au roi et à son statut de miraculé. En privé, Hannah l'appelait Qaswar, ce qui signifiait « lion », parce qu'il rugissait comment un forcené quand il avait faim.

Il se calmait dès qu'elle le prenait dans ses bras, ce qui lui donnait l'impression d'être la personne la plus puissante du monde. Il dormait aussi passionnément qu'il criait, et avec son armée de nourrices Hannah avait même la chance de faire des nuits complètes de temps en temps.

Tous les jours, la reine prenait Qaswar pour trente minutes. Pendant ce temps, Hannah faisait une séance de yoga. Elle n'avait pas réalisé que la fin de sa grossesse l'avait transformée en véritable serpillère, mais maintenant que l'énergie revenait, elle se sentait mieux. Elle se sentait enfin elle-même. Déterminée à reprendre son destin en main.

D'accord, son monde était parti en vrille quand elle avait découvert qui était le père de son bébé. Son fils était un futur roi. Et elle était mariée. Quoique, à ce niveau-là, rien ne fût moins sûr. Elle n'avait pas vu Akin depuis qu'elle avait présenté son bébé à ses parents. Plutôt blessant, mais elle n'allait pas se laisser abattre pour si peu.

C'était sa vie. Sa seule vie. Il y avait longtemps qu'elle avait déconstruit l'idée qu'elle avait besoin d'un homme pour être heureuse. Akin avait peut-être fait irruption dans la salle d'accouchement comme un prince fervent prêt à sacrifier sa vie pour la sienne, mais c'était de toute évidence parce qu'il s'inquiétait pour son neveu. Et elle n'irait pas chercher plus loin.

Et le manque que son absence faisait brûler en elle ? C'était exactement pour éviter ce genre de choses qu'elle avait choisi d'avoir un bébé toute seule ! Elle ne voulait pas passer sa vie à se regarder à travers les yeux d'un homme, à se définir et se façonner à travers eux. Son objectif, c'était d'aimer son fils, et de s'aimer elle-même. Clairement, elle n'allait pas vivre la vie qu'elle avait imaginée, mais elle prendrait chaque jour à bras-le-corps et garderait la tête haute.

Elle commença par trier les affaires qu'on avait fait venir d'Amérique. Elle décora ses appartements avec ses objets préférés et proposa à Nura de garder et de distribuer le reste. Comme c'était bientôt Noël, elle posa aussi son arbre en plastique sur la table basse. Il ne faisait que cinquante centimètres, mais il était couvert de paillettes et lui donnait toujours le sourire.

Pour la première fois depuis des années, elle pouvait couvrir quelqu'un de cadeaux. Pas que Qaswar ait besoin de quoi que ce soit ; et bien sûr, il ne fêterait pas Noël. Baaqi était un pays musulman. Son fils serait élevé selon ses traditions. Mais grâce à Eijaz, le pays était ouvert aux autres religions. Même si Hannah n'était pas croyante, c'était le premier Noël de son bébé : elle voulait marquer le coup.

Elle confia une liste détaillée à son assistante. En quelques jours, tout ce dont en elle avait besoin était arrivé.

Mais avant d'emballer tout cela, elle avait un rendez-vous. Comme elle pouvait enfin porter autre chose que des vêtements de maternité, elle avait enfilé une robe cache-cœur bleu clair sur son soutien-gorge d'allaitement. Elle haussa un sourcil devant le miroir. Ces jours-ci, elle avait assez de poitrine pour travailler dans un bar à shots. En plus, maintenant qu'elle avait accouché d'un monstre de presque quatre kilos, son corps avait cessé de ressembler à une outre. Elle avait une taille. Elle voyait ses jambes. Elle tourna sur elle-même avec un sourire et envisagea même de mettre des chaussures à talons pour forcer le trait. Mais non, quand même. Elle n'allait pas enfiler des instruments de torture de son plein gré.

Pour le plaisir, elle alla ouvrir son coffre-fort. Pour fêter la naissance de Qaswar, la reine lui avait présenté un opulent collier en platine incrusté d'énormes diamants. Le collier serait à son tour légué à la femme de Qaswar pour la naissance de son premier enfant, elle le savait – mais elle avait du mal à croire qu'en attendant il lui appartenait.

Quoi qu'il en soit, elle ne porterait pas un bijou aussi ostentatoire de sitôt. Elle sortit l'autre cadeau qu'elle avait reçu à la naissance de Qaswar.

Par rapport à l'aspect colossal du cadeau de la reine, ce collier-ci était presque modeste, mais elle en était tombée amoureuse dès qu'elle l'avait vu. Il était serti d'une aigue-marine en poire, entourée de diamants, et était arrivé avec un mot qui l'avait peut-être plus touchée encore que le cadeau lui-même.

Avec mon plus grand respect – Akin

Son respect, bien sûr. Pas son affection. Mais c'était un très beau geste quand même.

Elle glissa le collier à son cou et retourna dans le salon, où Qaswar l'attendait dans sa poussette. Deux nourrices papillonnaient dans la pièce, nerveuses. Nura lança un regard soucieux à Hannah, mais l'aida à enfiler son abaya et à ajuster un foulard sur ses cheveux. Son assistante aussi arborait un sourire de martyre.

Sa décision de sortir de ses appartements sans invitation expresse les inquiétait follement. Elle ignora leurs regards suppliants et poussa les grandes portes.

Derrière, quatre hommes l'attendaient. Deux accompagnaient son fils chez sa grand-mère tous les jours ; les deux autres étaient ses propres gardes du corps.

Elle prit la tête, le menton haut, et ils lui emboîtèrent le pas. Elle savait plus ou moins où elle allait ; elle avait suivi le trajet inverse en chaise roulante après l'accouchement. Ce jour-là, les couloirs étaient peuplés d'employés du palais, tous émus de voir leur futur roi. Aujourd'hui, cela dit, elle n'attira que des regards surpris alors qu'elle traversait la grande arche, en s'arrêtant de temps à autre pour admirer une œuvre d'art – les tableaux, les sculptures, les magnifiques mosaïques qui carrelaient le sol.

Dès qu'elle se figeait, son escorte trébuchait derrière elle comme une troupe de canetons derrière leur mère, puis attendait patiemment qu'elle reprenne son chemin.

Dans la grande galerie, elle ne put retenir une exclamation d'admiration sous le grand dôme de verre coloré. Elle se figea, le visage offert aux rayons teintés du soleil.

— C'est magnifique, pas vrai ? s'enquit-elle, enchantée.

Un ascenseur tinta tout près. Quand elle pivota, elle vit Akin avancer dans leur direction, sa propre équipe sur les talons. Et malgré toutes ses bonnes résolutions, son cœur partit au galop.

Il fallait dire qu'il était injustement séduisant. Un keffieh blanc retombait souplement sur ses épaules larges et rehaussait son beau visage et sa barbe parfaitement taillée. Il portait une robe noire bordée d'or… et un masque d'intense irritation. En la voyant, il s'arrêta net.

Ses yeux ! La plupart des gens d'ici avaient les yeux brun sombre, mais ceux d'Akin étaient profonds comme de l'ébène poli, ourlés de longs cils épais. Ils étaient d'une beauté à couper le souffle, mais Akin en usait comme d'une arme. Son regard létal la transperça des pieds à la tête avant de se fixer sur son visage.

Elle cligna des yeux.

— Que fais-tu ici ? demanda-t-il.

Elle haussa un sourcil. Pas question de se laisser intimider par son évidente désapprobation.

— Bonjour, Akin. Je vais chez le dentiste.

— Le dentiste peut se déplacer.

Son regard sévère fusa vers son assistante, puis ses gardes.

Elle savait ce qu'il pensait – pourquoi son personnel n'avait-il pas convoqué le médecin pour elle ?

— Et le bébé n'a pas de dents, ajouta-t-il.

— Ah, tu as remarqué, toi aussi ?

Il ignora ostensiblement la plaisanterie. Il se contenta de soutenir son regard avec une obstination bornée. Et de lui couper le souffle, par la même occasion.

— Nous avions envie de nous promener…

— Vraiment. Qaswar t'a demandé une balade.

Elle n'avait pas besoin de son autorisation. Elle n'avait pas à s'excuser de vouloir exister et de faire ses propres choix. Elle serra les dents, inspira profondément, et réprima les excuses qui lui brûlaient la langue.

— Tu veux le voir ? Tu vas le trouver grandi, depuis la dernière fois que tu l'as vu.

Akin lui avait promis qu'il n'avait jamais désiré la couronne, mais il avait montré si peu d'intérêt pour Qaswar qu'elle allait finir par douter de sa parole.

— Depuis hier ? s'enquit-il d'un ton neutre.

Oh. Ou peut-être pas ?

— Tu l'as vu hier ? demanda-t-elle. Quand ça ?

— Avec ma mère. Je le vois tous les jours quand il est avec elle.

— Oh. Je ne savais pas.

Elle entendait l'accusation dans sa propre voix, et Akin y répondit en haussant les sourcils, un avertissement subtil.

— Et c'est un problème ?

— Est-ce que tu le prends dans tes bras ?

— Pourquoi ?

— Pourquoi… tu devrais le prendre dans tes bras ?

— Pourquoi veux-tu le savoir ?

Elle se tut, hésitante. Pourquoi ? Parce qu'elle voulait les voir ensemble… Oh-oh. Trop de sentimentalisme. Elle resta silencieuse, et un muscle tiqua sur la joue d'Akin.

— J'ai à faire, je suis navré. Nous reprendrons cette conversation plus tard.

L'accent qu'il avait donné au mot « conversation » était infime, mais suffit à lui insuffler le pire des pressentiments. Cette conversation promettait d'être tumultueuse. Il se détourna, et elle aurait pu le laisser partir en paix. Mais la tentation était bien trop grande :

— Passe une bonne journée au travail, chéri !

Son assistante réprima un petit rire derrière sa main, et les épaules larges d'Akin se raidirent. Elle pouffa discrètement en le voyant disparaître de son pas guindé.

Akin avait trop souvent vu les méfaits de l'impulsivité chez son frère. Il avait réparé leurs désastreuses conséquences. Il n'avait pas l'intention de se laisser gouverner par ses élans à son tour. Après la naissance de Qaswar, il avait pris soin de retrouver sa maîtrise de lui.

Et pourtant, il lui avait suffi de croiser le chemin d'Hannah, qui se baladait dans le palais comme on flâne dans Central Park… Et de nouveau, il avait l'impression que l'axe du monde s'était renversé.

Non, il ne pouvait se laisser aller ainsi. Et pourquoi était-elle sortie de chez elle ? Il ne la morigénerait pas en public, mais il comptait lui rappeler qu'elle devait l'aider à éduquer un roi compétent, pas lui mettre des bâtons dans les roues. Où allait-elle donc emmener le bébé ensuite ?

En rentrant de ses bureaux, il suivit immédiatement le passage qui courait entre leurs deux chambres. Il s'arrêta avant de pousser la porte. Pourquoi avait-il l'impression de commettre un acte clandestin ? Hannah était sa femme. Et il n'y avait rien de sexuel dans sa visite, qui plus est.

Il ne pouvait pas en dire autant de ses pensées. Malgré ses efforts, il continuait de rêver d'elle. Il blâmait son médecin pour ces fantasmes parfaitement malvenus. Après l'accouchement, encore bouleversé par l'événement, par la joie qu'il avait ressentie auprès d'elle et du bébé, par toutes les obligations qu'il avait encore à remplir auprès de ses parents et de la nation, par le remords de ne pas être aux côtés d'Hannah pendant qu'il les remplissait, il s'était laissé alpaguer par le praticien sans avertissement. Et le docteur lui avait rappelé qu'Hannah ne pourrait pas remplir ses devoirs d'épouse pour le moment.

Akin n'avait pas compris immédiatement à quoi le docteur faisait référence, et ensuite, il avait balayé l'information avec indifférence. Il avait dit à Hannah que leur mariage serait platonique, et il avait été sincère.

Ou du moins, il avait cru être sincère. Mais depuis le soir de leur mariage… Il avait des difficultés à canaliser son imagination. Il rêvait régulièrement de la trouver nue près de la piscine. Il se voyait la séduire à l'ombre des fougères et des orchidées.

Il était insupportablement distrait, consumé par son image de jour comme de nuit, et voilà qu'elle apparaissait en chair et en os au centre de la galerie, habillée modestement comme les femmes de Baaqi, et… D'où lui venait une poitrine pareille ? C'était un coup du destin, sans aucun doute. Il avait dû se faire violence pour ne pas la fixer comme un adolescent devant sa première publicité pour lingerie.

Il aurait dû prendre une douche froide avant de venir.

Il inspira profondément. Il n'y avait pas de sonnette, ici : le passage n'était destiné qu'à leur propre usage. La porte était un simple paravent de lattes inclinées et laissait passer l'air et la lumière dans le couloir sans fenêtre. Il leva une main pour toquer, mais se figea. C'était idiot. Tout cela était idiot. N'était-il était pas l'autorité suprême dans cette aile du palais ? Et Hannah était sa femme, n'est-ce pas ?

Il poussa le battant. Une femme de chambre piailla de surprise, abandonna l'oreiller qu'elle frappait avec enthousiasme, puis le guida dans le salon où Elvis Presley ronronnait des chants de Noël.

Hannah ondulait des hanches sur la musique. Elle avait retiré son abaya et son foulard. Ses cheveux courts étaient coiffés sur le côté, maintenus avec des barrettes décorées de fleurs en céramique. Le bleu de sa robe donnait à sa peau un éclat laiteux. Le vêtement avait des manches longues et ceignait sa taille, mais le cache-cœur dévoilait son décolleté généreux ; et l'étoffe, en maille légère, épousait amoureusement sa silhouette voluptueuse.

Ses entrailles s'embrasèrent. Vraiment, sa femme était absolument, *incroyablement* sexy.

Elle venait d'entonner un couplet en imitant la voix basse d'Elvis et sursauta en le voyant entrer. Elle rougit et lâcha un petit rire.

— Oh ! Bonjour. Prise en flagrant délit.

Il y avait une dizaine de cadeaux sur la table. Elle était en train de les décorer de rubans et d'étiquettes. À côté, des boîtes de chocolat, des foulards et des livres attendaient encore d'être emballés. Pour Noël, sans doute ?

— Vas-tu renvoyer tout cela à New York ?

— Oh ! non, c'est pour mon personnel et celui de Qaswar. Tu sais qu'il a trente personnes à son service ? Je compte aussi l'équipe de mon accouchement. Et puis le dentiste. Il m'a dit que je pourrai faire retirer mes bagues en avance si je mettais bien ma garde la nuit, donc il mérite un cadeau.

— Nous ne célébrons pas Noël.

— Je sais. Ce sont juste des témoignages d'affection et d'appréciation que je choisis de distribuer le 25 décembre, dit-elle en souriant. J'ai invité les gens à passer pour prendre un café et des biscuits s'ils trouvent le temps. Tu veux passer la journée avec nous ?

— « Nous » ?

— Qaswar et moi.

Elle se pencha sur la table pour attraper un autre ruban. Le pendentif qu'il lui avait offert plongea en avant et attira son regard sur sa poitrine. Il s'autorisa une œillade, la bouche sèche. Elle releva les yeux et croisa son regard. Oh. Elle attendait toujours une réponse et il avait oublié la question.

Décontenancée par son silence, elle réajusta le collier.

— Je ne crois pas t'avoir remercié en personne, Akin. C'est un très beau cadeau, et tu n'avais vraiment pas besoin de m'offrir quoi que ce soit… Mais merci beaucoup.

La couleur de la pierre lui avait rappelé l'oasis. Son havre de paix. Le seul endroit où il était vraiment serein. Il n'y avait pas été depuis deux ans, et il s'y rendait toujours seul. Mais, pour il ne savait quelle raison, il avait voulu le partager avec Hannah en choisissant ce collier.

Mais bien sûr, il ne pouvait lui avouer une chose pareille.

— Ce n'est rien, dit-il d'un ton neutre.

Son joli regard se ternit, visiblement déçu, et elle laissa retomber le pendentif.

— C'était quand même gentil d'avoir pensé à moi, murmura-t-elle en rassemblant ses paquets. Est-ce que je peux te réquisitionner pour porter le reste, s'il te plaît ?

Sa pile dans les bras, elle le guida dans le grand salon. Il posa ses cadeaux sur une table et, pendant qu'elle les organisait proprement, il s'avança vers les photos qu'elle avait accrochées au mur. Sur quelques-unes, Hannah enfant posait avec une dame plus âgée (sa grand-mère, sans doute). À côté, une horrible toile montrant une cascade tropicale, était signée *HM*. L'avait-elle peinte elle-même ? Il remarqua aussi les couvertures colorées sur les sofas et une hideuse lampe antique avec un pied en forme d'éléphant et un ridicule abat-jour frangé.

— Ce n'était pas là quand tu es arrivée, n'est-ce pas ?

Impossible. Les décorateurs du palais avaient du goût.

— Oh ! non ! C'était à ma grand-mère. Elle lisait toujours à côté.

Sous la lampe, elle avait laissé un livre. Sur la couverture, un cow-boy au torse nu et moite posait suggestivement.

— C'est à toi ? J'aurais cru qu'une bibliothécaire aurait préféré quelque chose de plus… académique.

Elle leva les yeux vers le livre et rit doucement.

— Je sais. Je me suis obligée à lire des romans-fleuves déprimants à mourir parce que je pensais que c'était mon devoir. C'était stupide. J'avais oublié que lire est aussi un plaisir et une distraction. Alors j'ai mis « lis ce que tu as envie de lire » sur ma liste de joies et tu sais quoi ? Je suis beaucoup plus heureuse depuis. Incroyable, hein ?

— Tu as une… « liste de joies » ?

Plus il connaissait Hannah, et plus elle le surprenait.

— J'y travaille. Essayer une nouvelle coupe de cheveux n'a pas aussi bien marché que je l'espérais, fit-elle en montrant les petites barrettes qui retenaient ses épis. Mais je suis contente d'avoir *essayé*. C'est le principal, tu vois ? J'ai aussi commencé à porter des vêtements que je trouve confortables. Je voulais un bébé, et j'en ai un. Bon, évidemment, le plan a un peu dévié sur ce point-là…

Par-dessus ses lunettes, elle lui jeta un regard qu'il ne pouvait décrire autrement que comme une œillade de bibliothécaire revêche, mais elle lui allait si bien qu'il s'en trouva plus charmé que penaud.

Elle reprit ses préparatifs et plaça un sapin de Noël miniature au sommet de sa montagne de cadeaux.

— Cette chose est absolument ridicule, décréta-t-il.

— Je sais, je l'adore. Oh ! et regarde !

Elle brandit une enveloppe, l'air absolument ravi.

— C'est lisible ?

Il prit l'enveloppe, les yeux fixés sur son prénom, joliment calligraphié en arabe.

— C'est toi qui l'as écrit ?

— Comment tu trouves ? J'ai fait ce que je pouvais…

— Non, je suis très impressionné.

Et parfaitement déconcerté, encore une fois.

— Tu apprends l'arabe ? s'enquit-il.

— Nura est une très bonne professeure. Ma dame de compagnie, ajouta-t-elle en le voyant hausser un sourcil perplexe. On commence avec les bases. Les couleurs, les vêtements, la nourriture. Écrire l'alphabet.

Il se tourna vers les cadeaux. Oh ! elle avait calligraphié toutes les étiquettes, à l'encre, avec sa jolie écriture.

Il connaissait la plupart de ses employés, et il approuvait leurs augmentations et leurs bonus chaque année, mais jamais il n'aurait pris tant de peine…

Distraitement, il commença à ouvrir l'enveloppe, mais elle reprit avec une exclamation faussement indignée.

— Oh ! certainement pas, jeune homme. Si tu veux savoir ce qu'il y a dedans, il faudra revenir dans deux jours.

— Je ne peux pas prendre la journée entière et la passer avec toi, Hannah.

C'était la vérité, mais quand son sourire malicieux s'effaça, il eut tout de même l'impression d'être un parfait goujat.

— Je comprends, ce n'est pas un jour férié ici. Mais si tu trouves le temps, je serais heureuse de te voir, même quelques minutes.

Si naïve…

— Je ne prends jamais de jour de congé. Même lors des célébrations que nous observons.

— Pourquoi pas ? Parle-moi un peu de ce que tu fais.

Elle lui montra les portes vitrées. Dans la cour, sa dame de compagnie mettait la table. D'un geste chaleureux, elle l'invita à le suivre, et il obéit sans pouvoir s'en empêcher.

C'était étrange de voir la piscine sous cet angle, et son propre salon au-delà de la végétation. Il n'était pas incommodé qu'elle puisse voir dans ses appartements : il n'y était presque jamais, si ce n'était pour dormir.

Il s'assit en face d'elle et ils piochèrent ensemble dans un plateau de galettes, de sauces froides, de dattes et de tomates-cerises. Hannah versa du sirop et de l'eau pétillante dans deux petits verres filigranés.

— Tu es toujours chargé de la supervision militaire ?

— Tout à fait. Je réunis mes commandants et mes conseillers chaque matin très tôt.

Et il lisait leurs rapports jusqu'à tard le soir. La sécurité du pays exigeait son attention constante.

— Et je vois les membres du Parlement tous les jours.

— J'ai commencé à m'instruire sur l'histoire de Baaqi. La décision qu'a prise ton frère d'instaurer un Parlement démocratique à Baaqi semble avoir été mise en place très rapidement…

— Eijaz a décidé de faire de ses rêves une réalité du jour au lendemain. Cela fait deux ans, et plusieurs de nos plus puissants voisins, ainsi que beaucoup de nos citoyens, trouvent la démarche trop occidentale. Mon frère voulait apaiser les détracteurs de la monarchie… Mais les périodes de vacance du pouvoir ont leurs risques. Les pires fléaux de la société avancent et prennent l'ascendant. Encore aujourd'hui, mes forces armées assurent que notre transition se déroule de la façon la plus civile qui soit.

Elle l'examinait attentivement, sérieuse, maintenant.

— Dois-je m'inquiéter pour notre sécurité ?

— Si je reste aussi vigilant, c'est pour que personne d'autre n'ait besoin de l'être.

— C'est beaucoup de responsabilités sur tes épaules.

Il haussa les épaules. La réflexion d'Hannah était aussi inhabituelle que perspicace, et aussi perspicace qu'embarrassante.

— J'ai l'habitude. Il n'y a personne d'autre pour s'en charger, pas lorsque notre gouvernement est si jeune. Mon intention est de pérenniser notre transition. J'aimerais arriver à un plus grand partage des pouvoirs, et ce de la façon la plus paisible possible, afin que Qaswar puisse régner sans faire face à de constantes révoltes. C'est un équilibre délicat. Et quand tu m'as croisé ce matin, j'étais en chemin pour une négociation commerciale. Ce sont des rencontres épuisantes et chronophages, mais il est nécessaire pour Baaqi de se diversifier plutôt que de dépendre seulement de nos ressources pétrolières.

— Et le roi ? J'imagine qu'avec ses problèmes de santé certaines de ses responsabilités te reviennent aussi ?

Toutes. Toutes ses responsabilités. Il retint un soupir.

— Mon père officialise les nouvelles lois votées, mais il n'a plus la force de lire de longs dossiers. J'en prends connaissance moi-même, puis les approuve avant qu'il ne les signe. Lui et ma mère ont mis un terme à leurs apparitions cérémonielles, donc je vais couper des rubans et visiter des hôpitaux quand je le peux. Historiquement, notre famille a toujours modéré bon nombre de requêtes, nationales comme individuelles. La liste est encore longue aujourd'hui. Je viens d'apprendre qu'un étudiant de Baaqi a été porté disparu en Australie, par exemple. C'est sûrement un accident de randonnée, mais il me faut appeler les officiels concernés et faire envoyer des fonds. Bref, je fais ce que je peux.

Elle fit la moue, pensive.

— Ça me rend un peu… triste. Bien sûr que tu dois servir ton pays, et tu es au-dessus de tout reproche. Tu travailles d'arrache-pied et je le comprends. Mais ça te laisse si peu de temps pour toi. Ton père à toi était-il aussi occupé ? Comment passait-il du temps avec toi et Eijaz ?

Akin étala un peu de sauce sur un triangle de pain et le mangea en silence. Il ne s'autorisait que rarement à songer à son enfance. Toutefois, son éducation avait façonné l'homme qu'il était aujourd'hui. Abrupt, difficile d'accès. Sa carapace n'était pas seulement une arme, mais aussi une défense.

Depuis la mort d'Eijaz, il s'était souvent demandé si son père et lui parviendraient à établir une sorte d'intimité. Mais il s'était si longtemps interdit de la désirer qu'il peinait à baisser sa garde.

Néanmoins, il pouvait peut-être rassurer Hannah.

— Je veux être un père pour Qaswar, ne t'inquiète pas. Je veux être là pour lui. Eijaz a eu trente ans pour se préparer à une position qu'il a finalement mal remplie. Qaswar devra endosser ses devoirs dès son enfance, et il règnera à dix-huit ans – ou plus tôt, s'il se montre mature et qu'il le désire.

— J'étais à peine prête à prendre soin de moi-même à vingt-cinq ans. Tu crois vraiment qu'il sera capable de gouverner un pays à l'âge où il devrait partir à l'université ? J'ai des opinions arrêtées sur l'éducation, Akin.

— Je le conçois, mais tu ne peux pas continuer de te baser sur les standards de la classe moyenne américaine.

Voilà : ils en arrivaient à la raison de sa visite.

— Qaswar est un prince, Hannah. Et tu n'es pas une femme au foyer. Tu ne peux pas organiser des fêtes de Noël pour tes employés et te balader n'importe où avec notre futur roi quand bon te semble. Nous avons des protocoles. Des règles. Il est impératif que tu les respectes.

Un roi capricieux, égoïste et imprévisible lui avait suffi. Il ne voulait pas en élever un autre. Mais Hannah se redressa, le menton haut.

— Ah, je savais que tu étais en colère contre moi. Comment veux-tu que je connaisse tes « impératifs », Akin ? Nous ne nous sommes pas parlé depuis des semaines.

Il fronça les sourcils, piqué au vif. Son emploi du temps était si saturé qu'il était sans doute attendu dans cinq autres endroits à cet instant précis. Il était là, avec elle, et il se voyait tout de même reproché de n'avoir pas été aux petits soins comme un jeune marié énamouré ?

— Et ton personnel ne t'a pas prévenue ? lâcha-t-il.

Elle hésita avant de répondre.

— Le dentiste pouvait se déplacer. Mais j'étais cloîtrée depuis des jours. Et ce n'est pas comme si j'avais sorti Qaswar du palais.

— Sortir de ces appartements n'est pas nécessaire.

— Quoi, je suis en cage ? Comme un des oiseaux ?

Elle montra la grande volière d'une main vague.

— Je ne me souviens pas d'avoir vu le mot « prisonnière » dans les petits caractères de notre contrat.

— Tu exagères. Je veux simplement être informé au préalable. Nous aurions pu avoir des invités.

— Ah… tu ne veux pas que des gens importants voient ton hideuse épouse, railla-t-elle.

— Ne sois pas ridicule.

— Oh ! pardon. Ta *ridicule* épouse. Tu sais, j'ai passé ma vie à justifier mon droit d'exister. Est-ce que tu comprends quel genre de concessions j'ai faites pour vivre ici ? Est-ce que tu comprends que ma vie a changé du tout au tout ? Que mon pays me manque ?

— Quoi, Syracuse ? New York ? Pitié. D'après ce que j'ai compris, tu n'y étais pas très heureuse.

Elle accusa le coup, mais le foudroya du regard.

— J'essayais d'être heureuse. J'avais des projets.

— Tu avais une *liste*.

— Ne dénigre pas mes ambitions et la façon dont je les ai

atteintes. J'ai tout laissé derrière moi. Rien ici ne m'est familier. Et mon nouvel objectif est de faire de cet endroit mon foyer. Alors oui, je suis sortie me promener avec mon fils. J'aurais pu le laisser, mais me séparer de lui me rend malade. C'est *ça* que tu me reproches ? Reviens sur terre !

— C'est toi qui vis dans un autre monde ! s'exclama-t-il en abattant sa main sur la table, trop fort, assez fort pour la faire sursauter.

Parfait. Il s'était laissé aller à l'impulsion, et une impulsion d'imbécile, en prime. Voilà qu'il était en colère contre lui-même. Sur un crissement de chaise, il se leva et marcha jusqu'à la piscine, fébrile.

— Je viens de t'expliquer ce que je combats, Hannah. Tout cela…

D'un geste large, il montra la cour idyllique, le seul refuge où il pouvait trouver une heure de paix au milieu de la nuit.

— Tout cela, ce n'est pas la vraie vie. Je t'offre cette paix, à toi et à mon peuple, en gardant une prise solide sur la situation de Baaqi. Ne lutte pas contre moi sur ce point. Je ne suis pas ton ennemi. Et pour le bien de Qaswar, toi et moi ne pouvons pas être en conflit.

— Tu ne peux pas me protéger en m'emprisonnant, Akin. Je n'ai jamais demandé à rester enfermée dans hôtel de luxe, argua-t-elle en se levant son tour.

— Moi non plus, mais nous y voilà. D'autres sont plus à plaindre que nous. Et nous pouvons vivre en adversaires ou en alliés. Sache que je suis un adversaire très déplaisant. Je peux te mettre en relation avec mes anciens ennemis, si tu veux recueillir des témoignages.

— Tu ne vas pas m'intimider comme ça, Akin. Si tu ne m'apprécies pas, je n'y peux rien. La seule chose que je peux faire, c'est ne pas laisser qui que ce soit me marcher sur les pieds et écraser mes principes. Je n'ai pas l'intention de courber l'échine parce que tu l'ordonnes, ou de te supplier pour obtenir ton approbation.

— Tu ne comprends pas…

Un signal d'alerte résonnait profondément en lui. Il l'ignora et avança vers elle. Trop proche.

— Tu ne comprends pas quel genre de pouvoir je pourrais avoir sur toi, murmura-t-il.

Derrière ses lunettes, ses yeux bruns brillaient d'appréhension, mais elle ne cilla pas et soutint son regard.

— Si. Je comprends. Tu peux me menacer, tu peux me faire du mal. Tu peux mentir à Qaswar. Tu as toutes les cartes en main, je le sais bien.

Sa timidité se muait petit à petit en ténacité.

— Mais je ne risque pas d'élever un bon roi si je ne suis pas capable de tenir tête à l'homme qui aura tant d'influence sur sa vie. Tu as *tort*, Akin.

Cette femme… Elle devait bien savoir qu'elle jouait avec le feu. Et, au lieu de vouloir la terrasser, il ne pouvait que la boire des yeux, fasciné, insatiable.

Elle était si éclatante, à un souffle de lui, le regard dans le sien, campée sur ses positions, les mains crispées en poings nerveux. Elle ne s'affirmait pas seulement pour son fils, mais pour elle-même. Et sa conviction alluma en lui un tumulte bien différent de la colère. Brûlant, passionné et fervent – un brasier si glorieux, si féroce qu'il le consumerait sans doute tout entier. Mais peu importait. Il était tout prêt à s'y lancer de son plein gré.

— C'est ce que je suis, déclara-t-elle sur une expiration frémissante. Je refuse de retourner à ma passivité. Je n'ai pas l'intention d'attendre les bras croisés que la vie aille dans mon sens. Je lutte pour ce en quoi je crois. Tu peux contre-attaquer, mais je me battrai jusqu'au bout.

Contre-attaquer ? Non. Il céda le premier. Bien sûr qu'il céda le premier. À la tentation de prendre son visage entre ses mains et de l'incliner vers lui pour capturer sa bouche, en prenant soin, à la dernière seconde, de ne pas lui faire mal en pressant ses lèvres trop fort sur son appareil dentaire.

Contre lui, elle se raidit, et avec une exclamation de surprise referma ses mains sur ses bras. Il s'attendait à qu'elle le pousse dans la piscine, et il s'apprêtait à la délivrer – mais elle enfonça ses ongles dans la peau sensible de ses poignets. Sa bouche trembla contre la sienne.

Il n'avait jamais touché une femme lorsqu'il était en proie à la colère, et ce n'était pas non plus la colère qui le poussait en avant à cet instant – mais quelque chose de fiévreux et d'effréné rageait en lui lorsqu'il prit avidement possession de ses lèvres. Hannah parvenait à le renverser comme personne ; et il ne savait comment la combattre – non, il ne voulait pas la combattre, voilà où était le problème. Les lèvres d'Hannah prononçaient beaucoup de réparties scandaleuses, et il voulait les voir à l'œuvre. Il voulait les sentir sur son corps. Murmurer à son oreille et mordre son cou et glisser le long de son sexe.

Il la voulait, *elle*.

Il ne pouvait plus le nier. Il savoura le goût de sa bouche, son relief, sa texture, et l'amadoua jusqu'à ce qu'elle ose lui rendre son baiser. Doucement. C'était la punition la plus tendre qu'il ait jamais administrée. Ou peut-être était-il celui qu'on punissait, aujourd'hui. Après tout, il brûlait de la supplier de lui donner sa peau, son corps. Cet incendie qui courait dans ses veines, qui dévorait les vestiges de son bon sens, cet incendie ne manquerait pas de le faire souffrir.

Soudain, le cri du bébé perça l'air, et Hannah lui échappa brutalement.

6.

Hannah fit volte-face et s'empressa de rentrer. Akin laissa retomber ses mains. La honte le frappa. Comment expliquer à Hannah que ce baiser n'était pas une offensive, ni une intimidation ? Et comment riposterait-elle ?

Il l'observa à travers les vitres. Il devinait sa voix, un son clair et un peu fébrile. Mais sa posture entière changea lorsqu'elle prit le bébé dans ses bras et pressa ses lèvres sur sa joue, infiniment tendre.

Premier-né, songea Akin avec envie avant de fermer les yeux, l'estomac noué. Il ne pourrait jamais lui donner un autre bébé. Il ne pourrait jamais supporter de soumettre son propre enfant à la souffrance qu'il avait endurée.

Qu'avait-elle dit ? « Me séparer de lui me rend malade. » La reine ressentait la même chose pour Eijaz, encore aujourd'hui. Et même aujourd'hui, elle n'avait jamais exprimé le moindre désir d'avoir Akin auprès d'elle.

Un raclement de chaise le ramena à la réalité. Hannah avait repris sa place, une légère couverture drapée sur son épaule. Qaswar vociférait de plus en plus fort.

— Je sais, je sais. Je me dépêche, lui assura-t-elle. Pauvre petit garçon, on dirait que tu n'as pas mangé depuis trois semaines. Si ton premier job ne fonctionne pas, lâche la couronne et tente ta chance à Broadway.

— Que… fais-tu ? s'enquit Akin, éberlué.

Il ne s'attendait pas à la voir revenir, et encore moins à…

— Il a faim. Et moi aussi.

Elle arrangea la couverture et ajusta le bébé contre elle.

Les pleurs du bébé s'interrompirent aussitôt. De sa main libre, Hannah attrapa son verre.

— Je meurs toujours de soif quand j'allaite.

Akin jeta un regard de détresse vers ses appartements.

— Devrais-je te… te laisser ?

— Tu es mal à l'aise d'être avec nous quand il mange ?

La question était si *amusée*. Elle ne comprenait pas ; il n'avait jamais vécu une chose pareille. Un instant si… privé. N'était-il pas de trop ici ? Il avait l'impression d'avoir découvert un secret interdit, comme lorsqu'il avait trouvé son roman à l'eau de rose sur la table basse, ou qu'elle lui avait parlé de sa liste de joies.

— J'ai quelque chose à te dire avant que tu partes.

Elle avait parlé très sérieusement, cette fois. Ses cils étaient toujours baissés, mais la rougeur de ses joues trahissait son émotion.

Il croisa les bras. Elle s'apprêtait à le réprimander de l'avoir embrassée, sans aucun doute. Il aurait dû le regretter, mais ce n'était pas si simple. Pas lorsqu'elle avait répondu avec tendresse, avec chaleur. Il était ridicule. Il rêvait d'elle, passionnée, abandonnée, alors même qu'elle s'apprêtait à l'envoyer sur les roses. Il serra les dents, prêt à l'impact.

— J'essaie de faire au mieux, mais c'est un ajustement un peu difficile, continua-t-elle. Être mère, aussi. Rien de tout cela n'a été facile pour moi, Akin. Mais chaque fois que je prends mon fils dans mes bras, je me souviens que je l'ai aussi grâce à ton frère. Tu as raison. Je veux que Qaswar grandisse heureux et en sécurité. Je veux t'aider autant que je le peux. Je te suis reconnaissante de tout ce que tu fais pour lui, même si je ne le montre pas bien. Et je suis reconnaissante de l'avoir eu, *lui*.

Elle leva son regard vers lui, les yeux brillants et sincères, et ne dit rien de leur baiser. Il était sans doute l'homme le plus puissant à Baaqi. Il était révéré et craint dans les cercles militaires, connu pour ses talents de stratège et pour ses victoires exceptionnelles. Et pourtant Hannah, en quelques mots, démantelait absolument sa légendaire autorité. Et il en aurait peut-être été furieux, s'il n'avait pas été fasciné de la voir manier cette force si particulière avec tant de franchise et de simplicité.

Il réalisa, à retardement, qu'il avait retenu son souffle.

Il passa une main nerveuse dans ses cheveux.

— Mon frère était un homme imprévisible, Hannah. Je ne devrais pas le critiquer – je lui dois ma loyauté. Sache simplement que sa nature était très versatile et qu'il a toujours été autorisé à suivre ses pulsions.

Aucune responsabilité. Aucune conséquence. C'était à Akin de recoller les morceaux.

— Dieu merci, il avait un cœur bon. Il voulait faire progresser Baaqi, mais d'une façon très idéaliste, et sans le courage d'y travailler lui-même.

Il fronça les sourcils, conscient que les portes du salon étaient toujours ouvertes, et baissa la voix.

— D'une certaine façon, beaucoup de ses mesures étaient motivées par la difficulté de sa position. Ces dernières années, avec la maladie de mon père, Eijaz s'était vu appelé à endosser plus d'obligations. Avec le parlement, il espérait pouvoir déléguer et continuer de vivre comme il en avait envie. Il a annoncé l'élection générale sans plan préalable. Les retombées de cette décision ont été chaotiques. Il a jeté une pierre dans un nid de guêpes, puis il a pris ses jambes à son cou. Il est parti escalader des glaciers en Antarctique. La presse et les réseaux sociaux en avaient fait des gorges chaudes. C'était mon rôle de gérer les répercussions de ses caprices, et celui-ci… Celui-ci s'est avéré difficile à gérer.

Akin pinça les lèvres. Il ne voulait pas médire sur les erreurs passées d'un homme mort.

— Et tu as peur que je sois comme lui, murmura Hannah. Que tu ne puisses pas prédire mes réactions.

— Oh ! je *sais* que je ne peux pas prédire tes réactions. Tu me surprends à chaque fois que nous interagissons.

— Je ne veux pas faire honte à mon fils, tu sais. Ni à toi, dit-elle en lui jetant un regard profondément vulnérable.

« Tu ne veux pas que des gens importants voient ton hideuse

épouse. » L'amour-propre d'Hannah avait été foulé aux pieds. Il ne savait pas comment répondre. Comment le reconstruire. Il ne l'aurait pas embrassée s'il ne l'avait pas trouvée désirable, mais il regrettait d'avoir perdu le contrôle de lui-même et brisé sa promesse. Il s'enorgueillissait de sa propre discipline. Il réfléchissait toujours avant d'agir.

— Est-ce que tu veux bien rester manger avec nous ? Je veux faire la paix.

La générosité d'Hannah le surprenait autant que sa détermination. Elle était farouchement indépendante, et tout aussi prête à lui pardonner qu'à lui tenir tête. Il était attiré par ce feu étrange comme un voyageur perdu dans la nuit froide.

Il s'assit face à elle. Il avait faim, et la table était mise. Rester était pratique. Pragmatique. Juste pragmatique.

— Dis-moi, est-ce que tu vas voir Qaswar quand il est avec ta mère parce que tu n'aurais pas le temps de la voir dans le cas contraire ?

Il aurait pu hocher la tête et changer de sujet. La laisser s'immiscer dans les espaces privés de sa vie lui semblait aussi inapproprié que de découvrir les siens. Mais l'état de sa mère était une réalité douloureuse qu'elle avait le droit de connaître.

— Elle a besoin qu'on lui rappelle clairement que Qaswar n'est pas Eijaz. Dans son esprit, Eijaz est né à nouveau. La présence de Qaswar apaise son deuil, ce que je ne lui reproche pas, mais elle veut croire qu'il *est* Eijaz. Elle est toute prête à s'attribuer le mérite de son existence.

— Souffre-t-elle de... de démence ? Ou d'une autre maladie ? s'enquit Hannah avec compassion.

Il hocha la tête.

— C'est confidentiel. Peu le savent. Le chagrin a aggravé sa confusion. La perte d'Eijaz est un concept qu'elle ne parvient pas à accepter. Ce n'est pas sain pour Qaswar, ni pour elle, mais je n'ai pas le cœur de la forcer à admettre la vérité. Sa peine est réelle. Son état mental est incurable. Il n'y a pas de solution.

— C'est terrible. Tu dois être très inquiet pour tes parents. Je suis navrée, Akin.

Elle posa sa main sur son poignet. Il baissa les yeux sur ses doigts fins, sa peau si pâle et délicate, chaude et lisse. Il resta un instant interdit. Interloqué, par ses mots, par sa voix. Essayait-elle de le réconforter ? *Lui ?*

Embarrassée par son silence, elle retira sa main.

— Ma grand-mère était cardiaque et arthritique, mais elle a gardé l'esprit vif jusqu'au bout. Je ne peux même pas imaginer combien cela doit être difficile pour toi.

Une étrange sensation croissait au fond de sa gorge. Il la ravala difficilement.

— Nous faisons ce que nous pouvons.

Dieu merci, les platitudes pouvaient toujours venir à sa rescousse dans les moments d'intolérable chagrin.

— Je pourrais t'aider. Accompagner Qaswar quand il va voir ta mère, par exemple ? Elle ne m'aime pas beaucoup, mais maintenant je comprends pourquoi.

— Je m'en occupe, ne t'inquiète pas.

— Je sais que tu *peux* t'en occuper, mais tu n'es pas obligé de tout faire tout seul, insista-t-elle doucement. Je suis débutante en arabe. Je ne peux pas te donner un coup de main sur les dossiers de loi. Et c'est dommage, parce qu'en termes de travail de recherche, je suis absolument géniale.

— Je n'en doute pas, dit-il avec un sourire.

— Et tu m'as vue manier mes rubans. Si tu veux que j'aille en couper un ou deux, je peux faire ça aussi.

— Ce n'est pas nécessaire, Hannah.

Sa bonne humeur se mua en dépit blessé, mais elle fit de son mieux pour le cacher, les yeux fixés sur la piscine.

— Tu essaies de me décourager poliment, pas vrai ? Nous nous sommes promis d'être honnêtes l'un avec l'autre, Akin. Si je ne suis pas assez présentable pour faire honneur à la famille royale, dis-le-moi, d'accord ?

« Ton hideuse épouse. »

Bon Dieu. Il était encore ulcéré par les insultes dont elle avait été l'objet. Il aurait aimé la supplier de rester pour toujours dans ses appartements, de ne jamais s'exposer à la cruauté des autres. Il aurait voulu s'assurer que personne ne puisse plus lui faire de mal.

— Non, Hannah. Je ne suis pas habitué à accepter de l'aide. Cela n'a jamais été une option. Quand nous nous sommes mariés, je pensais que ce serait seulement pour le bien de Qaswar. Un mariage symbolique.

Il détourna poliment le regard quand elle sortit le bébé de sous sa couverture.

— Ma mère a dû abandonner ses obligations officielles il y a quelque temps déjà, et je n'ai pas songé que tu pouvais, ou que tu *voulais* les endosser.

— J'en serais honorée. Je veux t'épauler.

Elle lui tendit le bébé. Il cligna des yeux, sans bouger.

— Peux-tu le prendre, s'il te plaît ?

Ce matin, il n'avait pas voulu admettre qu'il n'avait jamais pris son neveu dans ses bras. Il avait observé, bien sûr, que l'enfant nécessitait d'être soutenu sous la nuque, et qu'on le portait toujours avec une précaution infinie. Il n'avait pas voulu risquer de manipuler un être si fragile.

Mais voilà que le bébé emplissait ses mains, léger mais solide, les poings belliqueusement serrés, le front plissé et l'œil torve sous ses doux cheveux sombres.

Si belliqueux. Akin ne put réprimer un élan de sympathie.

— Le bonheur ne dure jamais, n'est-ce pas ?

— Le malheur ne dure pas non plus, répondit Hannah en terminant d'ajuster sa robe. En tout cas, c'est ce que je préfère croire.

Elle contourna la table et posa sa couverture sur l'épaule d'Akin. Elle guida ensuite son bras afin qu'il place le petit garçon sur l'étoffe, soutenu par le creux de son coude.

— Je ne veux pas qu'il salisse ta tunique. Vas-y, frotte son dos jusqu'à ce qu'il rote.

Une des nourrices rôdait dans le salon, prête à accourir. Akin avait des choses bien plus importantes à gérer que les gaz de son neveu, et pourtant il garda le bébé tout contre lui, les yeux dans les siens, et caressa son dos du pouce.

La portée des responsabilités qu'il endossait au nom de cet enfant menaçait souvent de le faire ployer. Mais, à cet instant, il sembla à Akin qu'il entrait enfin dans la bulle de sécurité qu'il avait façonnée pour les autres.

Hannah poussa un soupir.

— Je voulais voir ça, dit-elle, et son visage était si rayonnant d'enchantement qu'Akin se sentit rougir.

Rester avec elle et Qaswar était un plaisir, et donc une faiblesse. Il leva les yeux. La nourrice les rejoignit immédiatement pour emmener le bébé. Hannah fit la moue.

Elle l'examinait attentivement. C'était le moment de parler du baiser. Le moment d'admettre qu'il désirait un mariage plus conventionnel qu'il ne l'avait promis. Qu'il voulait partager son lit, qu'il…

— Fête Noël, Hannah, déclara-t-il brusquement. Je vais réfléchir aux fonctions cérémonielles dont tu pourrais te charger au palais. Si tu aimes observer nos traditions, tu seras peut-être intéressée par la supervision de la cérémonie qui marquera l'abdication de mon père. C'est à ce moment-là que je serai officiellement nommé régent.

— Vraiment ? Oh ! Akin, j'adorerais ! J'ai organisé la meilleure remise des diplômes de tous les temps, l'année dernière. Tu ne seras pas déçu. Et pour les autres fonctions, je serais vraiment heureuse de coordonner les efforts liés à l'alphabétisation, ou l'éducation. Surtout pour les filles. Et la santé féminine, et l'immunisation des enfants, et…

Il leva une main en retenant un sourire.

— Oh ! non, j'ai créé un monstre. Si je ne te donne pas de quoi t'occuper, tu vas planifier un concours de T-shirts mouillés dès que j'aurais le dos tourné.

— Trop tard. C'est au programme de ma fête de Noël. Et je suis en lice pour la première place.

Il ferma les yeux, déterminé à ne pas éclater de rire.

— Tu sais que t'entendre dire des choses pareilles ne m'encourage pas à te considérer comme une représentante convenable du palais ?

— Mais c'est sur ma liste de joies !

— De gagner un concours de T-shirt mouillé ?

Il pouvait y remédier. Il était si tenté de la soulever dans ses bras et de la jeter dans la piscine…

— Non, mais tu as raison, je devrais l'ajouter, rétorqua-t-elle, les yeux espiègles. Ce qui est sur ma liste, c'est de faire de l'humour. Si j'y pense, je le dis. Au pire, ma blague tombe à plat. Beaucoup de gens aiment les personnes amusantes, cela dit, donc c'est une bonne résolution.

— Je vais devoir repousser des émeutes quand la presse annoncera ta taille de bonnets en gros titres.

— Tu vois ? J'aime quand *tu* plaisantes.

— Je ne plaisante jamais.

Il se leva. La façon qu'elle avait de lever le menton lui donnait envie de le prendre entre ses doigts pour l'embrasser de nouveau.

— J'ai assez perdu de temps.

— Mais ce n'était que les amuse-bouches…

Exactement. Un amuse-bouche. Tout comme prendre le bébé dans ses bras, badiner avec elle était un plaisir dangereux, qui le mènerait sans aucun doute à la désirer plus. Plus de temps. Plus de tendresse. Des heures et des heures à savourer Hannah jusqu'à satiété…

— Mon équipe prendra contact avec toi au sujet de la cérémonie, Hannah.

Il contourna la piscine et s'engouffra chez lui. Dans son dos, il sentait toujours la brûlure de son regard.

Elle arrivait tout juste au moment où le cow-boy allait bécoter une jockey pleine de panache sous une branche de gui quand un picotement sur sa nuque lui fit lever les yeux.

Akin l'observait, calé contre la porte. Un frisson électrique la transperça. Elle n'avait pensé qu'à lui depuis leur baiser. À la façon dont il avait pris son visage entre ses mains avec toute la douceur du monde, et pourtant fait basculer la terre sous ses pieds.

Il portait un pantalon sombre et une tunique gris pâle,

agrémentée de trois fermoirs sur l'épaule. L'habit était sobre et à manches longues, mais l'étoffe épousait les contours de ses épaules et soulignait la beauté de son torse.

— Où est ta dame de compagnie ? s'enquit Akin en voyant Qaswar endormi dans son berceau.

— J'ai donné quelques heures de libre à tout le monde.

Un muscle tiqua sur sa mâchoire.

— Parce que c'est Noël ?

Il jeta une œillade méfiante aux cadeaux qui restaient sous le sapin à paillettes. Il restait quelques rares gâteaux sur les plateaux en argent.

— Vas-y, sers-toi.

Il lui obéit et avala un carré de shortbread en une bouchée, puis empila les derniers biscuits au gingembre dans une main et entreprit de les dévorer un à un.

Elle réprima un sourire et saisit l'enveloppe qu'elle avait coincée entre les branches de son petit sapin. D'un seul coup, elle se sentait un peu timide. L'idée lui avait semblé bonne à l'époque, mais depuis leur dispute… *et* leur réconciliation…

Elle ne savait toujours pas si leur baiser avait couronné leur colère ou scellé leur pardon. Elle s'éclaircit la gorge et lui présenta l'enveloppe.

— Joyeux Noël, Akin.

Il lui sourit, de ce sourire presque indécelable, et lui tendit à son tour une petite boîte emballée.

— Mais… Tu ne célèbres pas Noël.

— Par mesure de diplomatie, je rends toujours la pareille lorsqu'on m'offre un cadeau.

— De la diplomatie. Laisse-moi deviner : tu m'as acheté une broche à l'effigie de ton drapeau ?

— Seulement si tu m'offres des antisèches sur votre Constitution, rétorqua-t-il.

Il devait savoir combien il était désarmant quand il lui dévoilait ses éclats d'humour, toujours pince-sans-rire. Peut-être qu'il voulait justement la désarmer. Sous ses yeux attentifs, elle devenait terriblement consciente de son propre corps

– de sa posture, de la pression de son soutien-gorge, du léger tremblement de ses doigts alors qu'elle ouvrait le cadeau. Elle garda un œil sur lui pendant qu'il décachetait l'enveloppe et en sortait ses pages. Comme il aurait besoin d'un peu de temps pour comprendre ce qu'elles contenaient, elle se dépêcha d'ouvrir son propre paquet. À l'intérieur de l'écrin reposaient de magnifiques boucles d'oreilles, assorties à son collier.

— Oh ! Comment savais-tu que me faire percer les oreilles était sur ma liste ?

— Je… Je n'avais pas réalisé que tu n'avais pas les oreilles percées, dit-il en levant les yeux vers elle.

Une volée de papillons s'agita dans son ventre. Pour une œillade. Sur ses lobes d'oreilles. Comment allait-elle réagir s'il se mettait à l'observer pour de bon ? À lui sourire chaleureusement ? Évanouissement immédiat, pas de doute.

— Peu importe. Merci, Akin, elles sont très belles.

— De rien, dit-il, les yeux fixés sur le sommaire qu'il avait toujours en main.

Son visage s'assombrit soudain.

— Tu m'offres… Une biographie ?

Elle avait trouvé son idée si ingénieuse… Mais elle avait soudain l'impression d'être une profonde idiote.

— Je t'ai dit que j'avais commencé à faire des recherches sur l'histoire du pays. Ta mère fait l'objet d'une biographie, ton père, quatre, et sur ton frère il y en a neuf, dont sept censurées.

Et d'après ce qu'elle avait déjà lu, elle croisait les doigts pour que Qaswar ne développe pas le même penchant que son père pour… comment dire ? *L'hédonisme.*

— Mais sur toi, je n'ai trouvé que quelques articles fragmentaires, même si…

Elle ne voulait pas critiquer le père et le grand-père de son fils, mais d'après ce qu'elle avait lu, Baaqi devait sa prospérité grandissante et sa stabilité encore timide à Akin plutôt qu'à ses rois. Et il méritait d'être reconnu pour son travail, pas vrai ?

— Bref, je trouve que c'est un manquement à votre histoire contemporaine. Le bibliothécaire du palais m'a dit qu'il suffisait de trouver un responsable de projet et de verser les fonds nécessaires. J'ai une pension exorbitante, alors j'ai contacté le département d'histoire à l'université. Un professeur a accepté de sélectionner des étudiants pour mettre en place un groupe de recherches. Est-ce que ça te fait plaisir ? Non ? Tu détestes l'idée ?

Il laissa retomber ses mains.

— Je ne cherche pas à être louangé, Hannah.

— Ça n'a rien à voir ! *Je* veux en savoir plus sur tes décisions, sur tes succès. Vois ça comme une trace écrite pour Qaswar et ses enfants. Tu ne peux pas laisser un intervalle de vingt ans dans l'histoire de Baaqi. Tu ne peux pas être une note de bas de page, Akin. Tu imagines ? « Pendant ce temps, son oncle gardait la boutique » ?

Il concéda l'argument d'un hochement de tête.

— Si c'est un rapport factuel, j'imagine que tu peux continuer. Mais ne me dépeins pas comme un héros. Je fais simplement mon devoir, pour mon pays et pour mon roi.

— Tu seras un héros pour Qaswar, riposta-t-elle, amusée. Sans toi, il aurait passé son enfance tout seul avec un rat de bibliothèque.

— Arrête de te dénigrer.

L'ordre tomba de ce ton sans appel qui faisait trembler tous ses interlocuteurs et ébranla violemment le cadre sur lequel elle s'était entièrement construite. Elle croisa les bras, sur la défensive. Elle s'était promis d'être plus généreuse avec elle-même, mais elle avait continué de s'insulter en se cachant derrière l'humour. Comment ne l'avait-elle pas remarqué plus tôt ? Pourquoi Akin s'en souciait-il ?

— Tu vois ? ajouta-t-il, d'une voix plus douce, assez basse pour être intime. Je le protège de tous et de tout. Même des insultes que sa mère s'inflige quand elle oublie qu'elle mérite le respect.

Voilà. Elle allait fondre en larmes. Elle cligna des paupières, les yeux brûlants, la gorge nouée.

— Parfois, c'est plus simple de plaisanter… Plutôt que d'affronter une émotion difficile, lâcha-t-elle.

— Ressentir quoi que ce soit n'est jamais simple, déclara-t-il avec gravité.

Son regard croisa le sien avant de s'attarder sur sa bouche. Allait-il… ? Oserait-il l'embrasser de nouveau ? Non. Il se détourna brusquement et baissa les yeux sur le bébé.

— Veux-tu dîner avec moi ? proposa-t-elle.

— Mon hélicoptère m'attend.

Son cœur sombra comme une ancre.

— Je ne savais pas tu partais. Tu en as pour longtemps ?

— Deux semaines.

Une éternité…

— Hannah, pourrais-tu accompagner Qaswar voir ma mère en mon absence ?

— Bien sûr.

— Merci. Merci beaucoup.

Il pivota vers la porte, mais jeta une œillade aux papiers qu'il avait toujours en main ; après une hésitation, il revint à elle. Sa grande main trouva délicatement sa joue.

Elle posa les doigts sur sa poitrine. Sa bouche s'abaissa lentement vers la sienne. Il s'arrêta, trop proche, trop loin.

— Je n'ai pas le temps tout de suite, mais nous avons des choses à nous dire.

— À propos du fait que nous nous embrassons parfois ?

— Tout à fait.

Il marqua une pause, comme pour lui donner le temps de se confronter à l'évidence. Elle se contenta de le regarder alors qu'il inclinait encore le visage vers elle. Son cœur battait à tout rompre. Elle ferma les paupières lorsque ses lèvres trouvèrent les siennes. Elle savoura la chaleur de sa bouche, les doigts crispés dans l'étoffe de sa tunique, et répondit à son baiser avec ferveur. Il l'attira dans ses bras et elle se sentit fondre contre son buste solide. Il la souleva contre lui. Il était si grand, si fort. Il l'étreignit passionnément, et elle lui rendit ardeur pour ardeur, brasier pour brasier, enfiévrée par sa fièvre.

Bien trop tôt, il la reposa sur le sol et desserra l'étau de ses bras. Elle était parfaitement chamboulée, haletante, les joues brûlantes. Elle cligna des yeux derrière ses lunettes. Il hocha la tête, solennel, comme pour saluer sa stupeur ; puis la quitta sans un mot de plus.

7.

Hannah pouvait facilement faire abstraction de l'hostilité de la reine, maintenant qu'elle en savait plus sur son état. Si elle préférait ignorer sa présence et ne parler qu'arabe, c'était son droit. La reine Gaitha appelait Qaswar par le prénom de son père, mais elle le portait avec une tendresse infinie et lui murmurait des mots d'amour. Cela lui suffisait.

La mère de Nura, Tadita, la dame de compagnie de Sa Majesté, restait fidèlement aux côtés de la reine. Attentive à tous ses besoins, elle acquiesçait à chacune de ses paroles et parlait d'une voix apaisante. La reine, quant à elle, les accueillait chaque jour avec un sourire radieux et semblait toujours abattue à l'heure du départ.

Bref, leurs visites se déroulaient aussi bien qu'Hannah aurait pu l'espérer. Jusqu'au cinquième jour.

La reine venait juste de laisser le bébé à Tadita, qui l'installa délicatement dans sa poussette. Quand Hannah se pencha pour prendre Qaswar, la reine fronça les sourcils.

— Pourquoi la nourrice est-elle vêtue de la sorte ? demanda-t-elle à Tadita.

— C'est la femme d'Akin, Votre Majesté. Vous vous souvenez, c'est la princesse Hannah. La mère de Qaswar.

Par-dessus l'épaule de sa belle-mère, Tadita lui offrit un sourire navré.

— Qaswar ? Qui est-ce ? s'enquit la reine, le visage froissé d'anxiété. Que dis-tu, Tadita ? La femme d'Akin ? Non. Je hais Akin. J'aime Eijaz. Où l'emmène-t-elle ?

Tadita, mortifiée par les mots de sa maîtresse, s'empourpra.

— Qaswar est le fils d'Eijaz, Votre Majesté, expliqua Hannah d'une voix aussi rassurante que possible. Akin m'a épousée pour que je puisse vivre ici avec mon bébé, plus près de vous. Il accèdera au trône quand il sera grand.

— Mais où est Eijaz ? Oh !

Les yeux de la reine s'emplirent de larmes.

— Akin… Akin aurait dû mourir. Je ne voulais pas de lui. Je voulais… Je veux Eijaz.

Une horreur glacée s'était refermée sur les entrailles d'Hannah. Tant bien que mal, elle maîtrisa son expression. Elle aurait aimé se dire que la reine divaguait, mais la culpabilité qu'elle lisait sur le visage de Tadita ne lui laissait aucun doute. Ce n'était pas la première fois qu'elle entendait ces mots.

Elle comprenait, maintenant. Elle comprenait bien mieux.

Hannah s'éclipsa pendant que Tadita consolait la reine. Elle avait du mal à respirer. Akin… Akin, que sa famille avait traité comme accessoire. Akin, qui avait travaillé d'arrache-pied pour sauver son pays, alors qu'Eijaz était le favori de ses parents. Libre de suivre toutes ses lubies.

Akin l'avait prévenue, des semaines plus tôt. « Ma mère ne cherche jamais à se faire des amis. Ne prends pas son inimité personnellement, ou tu te rendras folle, crois-moi. »

— Tout va bien, Votre Altesse ? Est-ce qu'un autre plat serait plus à votre goût ?

La voix de Nura ramena brutalement Hannah à sa réalité – elle déjeunait dans la cour, sous le soleil, bercée par le chant des oiseaux et le babil de la fontaine.

— Je pensais à ma visite avec la reine, confia-elle. Elle a dit quelque chose qui me tracasse.

— Ma mère apprécie beaucoup de pouvoir voir le jeune prince chaque jour. Je la taquine sans arrêt, d'ailleurs, en lui rappelant que je suis avec lui toute la journée.

Le bavardage amical était habituel, mais Hannah n'avait pas l'intention de se laisser distraire.

— Nura, je sais que, toi et ta mère, êtes très loyales à la

famille royale. Vous ne parleriez jamais de mes secrets ou de ceux de la reine, même l'une avec l'autre.

— Jamais, Votre Altesse ! s'exclama Nura, choquée.

— Mais quand elle t'a formée pour devenir dame de compagnie, tu as travaillé en présence de Sa Majesté, non ?

Nura dansait d'un pied sur l'autre, visiblement réticente à l'idée d'en dévoiler trop, mais désireuse de lui rappeler ses qualifications. Elle hocha la tête.

— J'ai assisté ma mère dès que j'ai su coudre. J'étais à la tête d'une équipe de quatre servantes chargées des appartements royaux, directement sous la direction de ma mère.

— Je vois. Je crois que tu serais en mesure de me donner des informations importantes. Ces informations m'aideraient à mieux comprendre les dynamiques du palais. J'aimerais en savoir plus sur l'affection que la reine porte à mon mari.

Nura la dévisageait comme si elle l'avait menacée avec un pistolet. *Oh-oh*. Elle avait un très mauvais pressentiment.

— J'ai cru comprendre que Sa Majesté a très mal vécu la perte du prince Eijaz, ajouta-t-elle doucement.

— Aucune mère ne devrait avoir à subir une telle souffrance. Elle a aussi perdu une fille, il y a très longtemps. Vous ne le saviez peut-être pas.

— Non. C'est terrible. Sa fille, puis le prince Eijaz…

— Tout le monde aimait beaucoup le prince héritier.

Nura parlait très bas, maintenant. Elle savait où allait cette conversation. Malheureusement, Hannah aussi.

— Et que pense la reine du prince Akin ?

— Je…

Nura avait l'air à deux doigts de partir en courant.

— Ma mère m'a dit un jour que toutes les mères aiment leurs enfants, mais que certaines aiment un enfant plus que les autres, finit-elle par admettre.

Hannah ferma les yeux. Une compassion souffrante montait en elle comme une bouffée d'air glacé. Akin avait risqué sa vie, encore et encore, pour son pays et pour le frère qu'on avait toujours aimé plus que lui… Son cœur se serra. De l'extérieur, il avait l'air d'avoir tous les privilèges, mais elle avait l'intuition qu'il avait manqué du nécessaire. Et s'il était mort au combat ? Sa mère aurait-elle pleuré sa perte comme elle le faisait pour Eijaz ?

Elle aurait aimé pouvoir parler à Akin. Le prendre dans ses bras. Elle inspira malgré sa gorge nouée et hocha la tête.

— Merci, Nura. Quand je suis avec la reine, je vois à quel point ta mère l'aime et l'aide. Ce doit être un vrai réconfort pour Sa Majesté d'avoir une si bonne amie à ses côtés. Je sais que je suis très reconnaissante de t'avoir, toi. Et comme toi, je ne veux que le bonheur de Baaqi. Merci de m'aider à comprendre les choses qui affectent mon fils et mon mari.

— Bien sûr, acquiesça Nura, visiblement émue, avant de s'enfuir sous prétexte d'emporter son assiette encore pleine.

Et elles ne mentionnèrent plus le sujet.

Akin était exténué. Il inspira l'air de la nuit et s'assit sur le bord du transat, près de la piscine. Son valet avait pris l'habitude d'y laisser une serviette afin qu'Akin ne choque pas la sensibilité des dames de compagnie d'Hannah en sortant nu du bassin. Il roula l'étoffe sous sa nuque et poussa un soupir, le regard levé vers les étoiles. Il aurait dû aller se coucher, mais, ici, dans la cour, il se sentait plus proche d'Hannah.

C'était idiot ; rentrer au palais aurait dû suffire à l'apaiser. À son grand dam, elle lui avait profondément manqué. Plus étonnamment encore, il était impatient de revoir Qaswar. Le bébé ne lui avait jamais prêté grande attention, si ce n'était en agrippant son pouce au moment de s'endormir, ce qu'il faisait avec tout le monde. Et pourtant, il avait hâte de retrouver la poigne étonnamment solide de ses petits doigts.

Pathétique.

Un bruissement d'étoffe le ramena à la réalité. Un mouvement infime se refléta sur la surface de la piscine. Le déshabillé blanc d'Hannah flotta comme une apparition dans la pénombre, une silhouette mouvante entre les ombres et les rayons de lune.

Il ne bougea pas. S'était-il endormi ? Pourquoi viendrait-elle ainsi à lui, sinon dans un rêve ? Elle noua la ceinture de soie à sa taille en arrivant auprès de lui, mais le vêtement ne dissimulait pas le mouvement libre et ample de ses seins.

Son sang s'éveilla à sa vue, et il bouillonnait dans ses veines lorsqu'il leva les yeux et trouva son regard hésitant.

— Tout va bien ? Comment va le bébé ?

— Il dort. Je viens de lui donner à manger, mais j'ai vu que tu étais rentré, alors… Je suis venue te dire bonsoir.

Elle croisa les bras, comme si elle regrettait son impulsion. Il inclina la tête de côté, attentif.

— Je me trompe, ou le dentiste a tenu ses promesses ?

Elle lui offrit un sourire bref et éclatant, sans appareil.

— C'est ma personne préférée, ces jours-ci.

— Fais-moi voir.

Il glissa ses jambes sur le côté et tapota l'espace près de sa cuisse, sur la chaise longue. Elle s'assit, visiblement nerveuse, et passa sa langue sur ses dents. Dans les lumières de la piscine, la soie de son peignoir avait des reflets de nacre.

— Je pensais que tu passerais ton temps à sourire…

— Toute la journée, comme un crocodile.

Elle lui montra les dents, carnassière, puis rit doucement et baissa le menton.

— Mais j'ai passé tellement d'années à les cacher… Bizarrement, les bagues me faisaient un peu l'effet d'une armure. Maintenant qu'elles ont disparu, j'ai l'impression que je ne peux laisser personne me voir sourire.

— Ce serait dommage.

Il effleura la peau douce de son poignet, submergé par une étrange tendresse.

— Tu devrais l'ajouter à la liste. Souris quand tu veux.

Le regard plongé dans le sien, elle sourit, sourit réellement, cette fois. Puis elle baissa les yeux sur sa caresse. Il la vit déglutir et remarqua le relief tendu de ses tétons sous la soie. Faire l'amour – était-ce sur sa liste ? Il voulait l'ajouter à la sienne. Il prit sa main et l'amena à ses lèvres. Passer la nuit avec elle l'aurait rendu profondément heureux, il en était certain. Il embrassa ses phalanges, puis fit tourner sa paume pour effleurer la chair fine au creux de son poignet, où son pouls battait si fort qu'il en sentait le rythme sous ses lèvres.

— Il faut que je te dise, balbutia-t-elle, le souffle un peu court. Pendant ton absence, ta mère a dit quelque chose qui m'a laissée penser que…

Ah. Parler de sa mère. Le meilleur moyen de lui faire oublier toute parade amoureuse. Il abaissa sa main, mais la garda contre sa poitrine. Elle avait l'air terriblement mal à l'aise.

— J'ai pensé que tu préférerais le savoir parce que c'est très personnel. Je commence à comprendre que tu… que ton enfance a sûrement été difficile.

Si sa réserve habituelle s'était adoucie en la présence d'Hannah, elle lui revint de plein fouet à cet instant. Brutale, imprenable comme une forteresse. Il lâcha ses doigts.

— Je ne veux pas parler de mon enfance, Hannah.

— Non, non, ce n'est pas ce que je veux.

Elle coinça ses mains entre ses genoux, mais la compassion qui teintait sa voix le prit à la gorge. Elle savait – elle savait sans qu'il ait besoin de le lui dire. Il le voyait sur son visage, dans son regard rempli de chagrin et de compassion.

Il ne s'était jamais senti aussi vulnérable. Comme s'il avait exposé sa gorge à la lame d'une épée, sa poitrine à la gueule d'un canon. Même pour lui-même, il n'admettait pas d'avoir été blessé par son éducation. Mais Hannah… Hannah regardait la plaie bien en face. Elle la *voyait* pleinement.

Il retint son souffle, prêt à affronter sa réaction. Ce qu'elle ferait de sa découverte. Ce qu'elle ferait de cette *faiblesse.*

— Je n'aime pas parler de mon enfance non plus, murmura-t-elle, le visage plongé dans la pénombre. Ma mère est morte d'une overdose et je ne sais pas qui est mon père. Ma grand-mère avait une maison, mais une toute petite retraite. Je faisais ce que je pouvais pour l'aider, mais j'étais un fardeau pour elle. Je pense que tout ça m'a rendue plus réservée que je ne l'étais déjà. Les bibliothèques sont devenues mon second foyer. J'aime apprendre, bien sûr, mais c'est aussi un espace de paix. Les autres ne pouvaient pas se moquer de moi, là-bas.

Il allait lui faire construire une bibliothèque, c'était décidé.

— Ma grand-mère me disait d'ignorer les insultes. Mais je sais que faire semblant d'être indifférent n'empêche pas de souffrir en silence. Et tu t'es épanoui malgré tout, alors…

Elle lui sourit, timidement.

— Je sais que tu n'as pas besoin d'entendre mon avis. Tu sais qui tu es, et je t'admire. J'aimerais y arriver aussi.

— Viens.

Il l'attira sur ses genoux et la serra contre lui, incapable d'exprimer son émotion. Il ne savait pas comment s'ouvrir comme elle le faisait ; il n'avait que cela – l'action.

— Hé, n'aie pas pitié de moi, Akin. Ce n'était pas le but.

— Je n'ai pas pitié de toi. Je t'admire aussi.

Le sentiment était profond, instinctif, et montait dans son âme comme un grand frisson. Alors il l'embrassa. C'était la seule façon de véhiculer l'immense tendresse qui tremblait dans son cœur. Elle était adorable et chaleureuse et incroyablement honnête, et si fragile qu'elle le terrifiait. Comment la protégerait-il des souffrances inévitables de l'existence ? Comment la protégerait-il de lui ?

Hannah ne savait pas comment répondre à son baiser, pas quand elle aurait aimé le troubler autant qu'il le faisait. Elle était à sa merci. Il lui semblait qu'elle était entièrement sienne, et pourtant qu'il se donnait à elle sans condition. Le monde entier s'était arrêté ; non, le monde entier tournait trop vite, si vite qu'elle en avait le vertige. Plus elle apprenait à le connaître, et plus elle était émue d'en avoir la chance. Akin était extraordinaire. Et elle évoluait dans son monde. Elle l'avait épousé. Elle avait le droit de le toucher. De l'embrasser.

Elle ne serait jamais à la hauteur de tout ce qu'il représentait, mais elle voulait tout de même essayer. Elle voulait lui montrer combien elle le désirait, comme il le faisait si bien pour elle.

Savait-il combien la brûlure de ses mains sur son dos la troublait, et sa raideur contre sa hanche, l'excitait ?

Le sexe l'avait toujours ramenée à son propre ridicule. Elle avait voulu être aimée. Elle avait osé songer que les caresses et les compliments des hommes étaient sincères, plutôt qu'une monnaie d'échange pour des faveurs physiques ou intellectuelles. Mais ce soir, il n'y avait pas de manipulation.

Juste un désir vrai. Elle se fondit contre lui et il approfondit leur baiser. Le contact de sa langue fit vibrer un éclair de plaisir jusqu'à ses reins. Elle la suça avec enthousiasme et il grogna contre ses lèvres. Sa grande main se referma sur son sein, et il ouvrit les cuisses pour qu'elle sombre plus fermement sur le relief dur de son érection.

— Je veux te toucher entièrement, mais je ne veux pas te faire mal, dit-il sur un souffle, avant de l'embrasser de nouveau avec avidité. Que puis-je faire ? Dis-moi.

— Je veux te toucher, toi.

Elle était éblouie, ivre, et le laisser prendre les rênes lui ferait perdre la tête trop vite, ou trop peu, ou trop intensément, qu'en savait-elle ? Le peu de sexe dont elle avait fait l'expérience ne l'avait jamais vraiment emballée. Elle ne voulait pas de cette déception entre eux, pas lorsqu'ils étaient en parfaite harmonie.

— Je peux ?

— Touche-moi où tu veux. Je suis à toi.

Un beau mensonge – elle n'était pas assez naïve pour prendre cette promesse à cœur. Mais elle aurait aimé qu'Akin soit à elle, et peut-être que cela suffisait pour ce soir. Elle voulait le posséder et le connaître avec une passion qu'elle comprenait à peine ; et alors qu'il embrassait sa gorge, elle écarta les pans de son peignoir et laissa glisser ses mains sur les poils de son torse, ses pectoraux durs. Elle sourit en sentant la vibration de son souffle court. Elle le chevauchait toujours. Ici, elle se sentait puissante. Son égale. Elle s'abaissa et lécha ses tétons l'un après l'autre.

Il était tendu à craquer et referma ses doigts sur ses cheveux.

Elle sourit contre sa peau et fit pleuvoir des baisers le long de son buste en écartant son peignoir. Pour tout ce qu'elle avait perdu en déracinant sa vie, elle avait aussi gagné des choses incroyables, et l'une d'entre elles était Akin. Il l'émerveillait, cet homme qui portait le poids du monde sur ses épaules et qui, rigide de convoitise sous ses mains, lui murmurait malgré tout :

— Tu n'as pas besoin de faire ça, Hannah.

— Je sais. J'en ai envie.

Elle s'agenouilla. Avant qu'elle ne touche le sol il glissa une serviette repliée sous ses genoux. Elle le remarqua à peine, trop fascinée par sa nudité. Avec des gestes un peu hésitants, elle commença son exploration. L'embrassa, les lèvres entrouvertes, goûtant ici et là sa chair chaude alors qu'elle remontait de la base jusqu'au bout. La respiration d'Akin s'accéléra. Son estomac se contracta. Sa jambe s'écarta pour lui laisser tout l'espace dont elle avait besoin. Elle connaissait mieux la théorie que la pratique, sur ce point-là, mais l'enthousiasme comptait pour quelque chose, pas vrai ? Elle le prit entre ses lèvres.

— Hannah.

Ses doigts frôlaient sa nuque avec vénération, sans appuyer, et jouaient dans ses cheveux courts pendant qu'elle faisait glisser sa bouche et sa langue sur sa longueur. Elle voulait connaître toutes les nuances de son plaisir, le sentir frissonner, gémir, se tendre, se retenir, se délivrer.

C'était une expérience merveilleuse – sublime justement parce qu'il était si visiblement transporté. Il tremblait, et quand elle leva les yeux vers lui, elle trouva son regard sombre sur elle, brûlant, féroce, incroyablement tangible, plongé dans le sien pendant qu'elle continuait à faire croître son plaisir. Elle sentit son excitation sur sa langue. Il était dur comme du marbre entre ses lèvres.

— Arrête, dit-il d'une voix gutturale.

Non, songea-t-elle, mais le consentement nécessitait un respect mutuel. Elle recula aussitôt, inquiète d'avoir fait quelque chose de mal, mais il referma sa main sur les siennes et les guida sur son membre, une caresse rapide, intense, une fois, deux fois…

Puis ses paupières se fermèrent et son beau visage se

renversa. Il jouit sur un soupir rauque dans la pénombre étoilée. Il pulsait contre sa paume et pressait très fort sa main sous la sienne. Elle sourit. Elle lui avait donné cet orgasme, bien plus puissant et plus mémorable que la rapide gratification qu'elle avait entraperçue, des semaines plus tôt, à cet endroit précis.

Il s'essuya puis l'attira sur lui.

— Laisse-moi te toucher. Te rendre la pareille, murmura-t-il en enfouissant son visage dans le creux de son cou.

— On ne peut pas s'arrêter là pour l'instant ?

— Si c'est ce que tu veux…

Sa voix était encore engourdie. Ses doigts papillonnaient tendrement sur son épaule et suivirent son échine jusqu'à sa nuque. Il inclina son visage pour l'embrasser, longuement, langoureusement.

— Merci.

Elle se lova contre sa gorge, où il sentait si divinement bon, où son pouls commençait seulement à ralentir. Ses bras autour d'elle se détendirent. Il allait s'endormir…

Elle était encore parfaitement éveillée, la chair hérissée de désir. Elle se blottit contre lui avec un soupir de bien-être et écouta son souffle s'allonger et s'approfondir, apaisé par le sommeil. Elle sombra à son tour, sans s'en rendre compte.

Et s'éveilla en sursaut lorsqu'il caressa sa joue.

— *Ya amar,* un autre homme t'appelle, chuchota-t-il.

— Oh…, murmura-t-elle en clignant des yeux.

Les étoiles s'étaient évanouies, et le ciel opalescent annonçait déjà l'aube. Dans la nouvelle lumière, elle réalisa d'un seul coup qu'elle était encore couchée sur son corps presque nu, dehors, dans la cour. Cette nuit, quand elle l'avait allègrement léché, elle n'avait pas songé qu'elle allait devoir le regarder en face le lendemain. Hum. Trop tôt ! C'était bien trop tôt !

Dans ses appartements, les cris de Qaswar enflaient. Apparemment, ses nourrices et leurs biberons ne suffiraient pas à calmer ses ardeurs.

— J'y vais.

Et elle prit la fuite sans demander son reste.

8.

Dieu merci, elle ne revit pas Akin ce matin-là. Il déposa un message pour elle auprès de Nura, mais simplement pour lui demander de continuer ses visites à sa mère.

Injustement, elle était aussi soulagée que piquée. Mais après tout, Akin revenait d'un long déplacement. Il devait avoir une montagne de responsabilités à rattraper. Et elle-même n'était pas prête à lui parler, pas tout de suite.

Puis il lui fit envoyer les perles. Le collier était magnifique, très long, pour être tourné en plusieurs rangs. Nura laissa échapper une exclamation émerveillée. Mais Hannah était horrifiée.

Venait-il vraiment de la récompenser pour la nuit passée ?

Akin n'avait pas inclus de note avec l'écrin. Après deux jours de silence, elle s'informa discrètement sur la santé du roi – mais tout allait bien du côté de la famille royale. Et toujours pas de nouvelles d'Akin. C'était… aussi inexplicable que… que vexant ! Et elle n'allait certainement pas faire le premier pas. Est-ce qu'il l'évitait ? Comment comptait-il s'y prendre, exactement ? Ils étaient mariés.

Cinq jours après leur petite escapade nocturne, elle le trouva dans le salon de sa mère à l'heure de sa visite avec Qaswar. Il portait la robe verte qu'il réservait habituellement aux dignitaires étrangers. Sa barbe avait été fraîchement taillée. À son arrivée, il s'interrompit brusquement et tourna toute son attention vers elle.

Oh ! pitié. Elle aurait aimé pouvoir l'ignorer, lui, et son visage ciselé, ses yeux de braise, et le stupide élan magnétique qui la poussait vers lui comme une marionnette.

— Oh ! tu es là. Quelle bonne surprise.

Elle lui offrit un sourire crispé et évita son regard.

— Je vais vous laisser profiter de votre temps en famille.

— Hannah, dit-il, de ce ton insupportable qu'il utilisait sûrement pour commander ses armées et faire frémir ses ennemis.

Elle l'ignora ostensiblement, confia le bébé à Tadita et quitta la pièce. Évidemment, il n'essaya pas de la rattraper, ce qui était potentiellement plus insultant que s'il l'avait enguirlandée en public.

Mais peut-être exagérait-elle ? Elle avait du mal à garder le sens des réalités, ici. Elle vivait dans une bulle. Peut-être qu'une apocalypse zombie avait éclaté et qu'Akin avait passé ces derniers jours à faire creuser des douves autour de Baaqi. Peut-être que les zombies ne pouvaient être tués qu'à coups de colliers de perles dans la figure.

Elle ne demandait pas grand-chose. Un post-it pour lui expliquer qu'il était très occupé et passerait la voir un de ces jours lui aurait suffi. Et bien sûr qu'Akin devait avoir une ribambelle d'explications rationnelles pour expliquer son absence. Mais laisser un homme lui marcher sur les pieds n'était pas sur sa liste de joies. Alors le prince Akin pouvait bien aller se faire voir jusqu'à ce qu'il apprenne la politesse.

Akin aurait probablement dû passer par la bibliothèque en premier lieu. Mais comme il sortait d'une session particulièrement agaçante avec sa mère, qui lui avait encore une fois demandé qui était la « nourrice blanche », puis, après avoir absorbé l'information qu'elle était en réalité son épouse, l'avait invectivé pendant dix minutes pour avoir osé épouser la mère du fils d'Eijaz, il n'était pas au meilleur de ses capacités de déduction. Il arriva aux appartements d'Hannah, découvrit qu'elle n'y était pas encore rentrée (un éclair de panique : était-elle partie ? l'avait-on attaquée ?), houspilla son garde du corps pour la forme, puis repartit en sens inverse. Sa patience ne tenait plus qu'à un fil.

— Sortez, aboya-t-il en déboulant dans la bibliothèque.

Une poignée de prêtres s'agitèrent comme des volailles. Hannah, sur une des mezzanines, leva le nez de son livre. Les autres érudits détalèrent sans demander leur reste. Après lui avoir jeté un œil dédaigneux et replacé son volume, Hannah leur emboîta le pas.

— Pas toi, ordonna-t-il.

Elle le savait très bien. Elle s'arrêta en bas des marches, une main sur la rampe ornementée, raide comme un piquet.

— Nous sommes dans une bibliothèque. Parle doucement.

— Je n'ai pas le temps de jouer, Hannah. Je n'ai jamais le temps de jouer. Si nous avons un problème, je veux en parler et le régler immédiatement.

Ses doigts se crispèrent sur la rampe, le seul signe qu'elle n'était pas à l'aise avec le conflit.

— Je n'aime pas qu'on m'offre des cadeaux en échange d'une faveur sexuelle.

Oh. Elle n'était peut-être pas à l'aise avec le conflit, mais elle tirait dans le mille quand elle y était obligée.

— Ce n'était pas du tout mon intention… Je savais que je ne pourrais pas te voir pendant plu…

— Je m'en fiche, coupa-t-elle. Peut-être que ce n'est pas ce que tu voulais dire, mais j'ai eu l'impression que tu me payais pour du sexe. C'est insultant. Même pas une note, Akin ? Si tu veux me dire quelque chose, fais ce que tu es en train de me forcer à faire et viens me le dire en face. Arrête d'utiliser des codes. Je ne vais pas passer mon temps à interpréter des messages secrets.

Personne n'avait jamais osé lui parler de cette manière. Mais Hannah dansait sur le terrain miné avec assurance. Et elle hantait toutes ses pensées. Son image le torturait aux moments les plus inopportuns. Cette nuit-là, Hannah l'avait laissé exténué, bouleversé, tourmenté. Il n'avait pas cherché à la revoir immédiatement, et pour cause : pendant quelques heures, son monde n'avait tourné qu'autour d'elle. Il avait baissé les armes. Elle lui avait démontré le pouvoir immense qu'elle avait sur lui. Il en avait tiré une leçon d'humilité.

Et avec elle dans ses bras, il avait dormi profondément, tant et si bien que la dame de compagnie d'Hannah avait dû poser sa main sur son épaule pour l'éveiller. Il avait normalement le sommeil extrêmement léger. Il ne se laissait *jamais* surprendre.

Tout cela suggérait une vulnérabilité qui le troublait profondément. La douceur, l'affection, les distractions avaient causé la perte de bien des hommes. Aimer était un effort à sens unique qui l'avait toujours laissé vide et seul.

— Tu sais que mon emploi du temps est très chargé. Nous en avons déjà parlé.

— Et tu sais que j'ai voulu avoir un bébé toute seule pour cette raison, spécifiquement. Je ne veux pas attendre quoi que ce soit d'un homme. Je n'attends rien de toi, insista-t-elle d'une voix de plus en plus déterminée. Ou je n'attendrai rien de toi la prochaine fois, en tout cas. Ce qui s'est passé l'autre soir ne se reproduira plus jamais.

Une main glacée se referma sur son âme.

— Nous sommes mariés, rétorqua-t-il, les dents serrées, comme si cela avait une incidence sur la question.

— Ce n'est pas un vrai mariage, tu l'as dit toi-même.

Il avança d'un pas, prêt à entrer dans la bataille à son tour, comme il le faisait toujours pour sauver ce qui lui était cher.

Mais elle recula vivement et trébucha sur la marche où elle s'était arrêtée ; pour reprendre son équilibre, elle pressa sa main et son dos contre le mur. Il tressaillit, frappé en plein cœur. Une insulte hurlée ne l'aurait pas heurté plus violemment que cette retraite impulsive.

— Je ne te ferai jamais de mal, Hannah.

— Tu m'as déjà fait du mal !

Elle le pointa d'un doigt accusateur.

— Je pensais que tu commençais à m'apprécier. Que tu voulais être plus que mon allié. Tu m'as laissée penser tout ça quand tu m'as embrassée. Nous nous sommes promis de ne pas nous mentir, Akin.

Il n'était pas le naïf romantique qu'il avait un jour été. Voilà ce qu'il s'était répété ces derniers jours, en luttant contre le besoin de la revoir, de lui parler, de la retrouver.

— Je ne suis pas comme toi, Akin. Mon estime de moi est une coquille d'œuf. Tous les hommes avec qui j'ai été l'ont piétinée. Ils ont fait semblant de vouloir être avec moi, mais ils attendaient tous quelque chose. Mes notes à l'université, ou montrer à leurs amis qu'on pouvait se taper la bibliothécaire coincée. Ils se fichaient de moi. J'ai juste pensé que ce n'était pas ton cas.

La voix d'Hannah cinglait ses oreilles bourdonnantes. Il voulait tuer ces hommes ; il voulait qu'ils n'aient jamais existé. Alors être comparé à eux ?

— J'aurais préféré le savoir, Akin ! Où est l'homme qui jure sans arrêt de toujours protéger la mère de Qaswar ?

— J'essayais *justement* de te protéger, protesta-t-il, les dents serrées.

— En soufflant le chaud et le froid ? Merci bien, railla-t-elle, les yeux brillants de larmes.

Akin détourna le regard, les sourcils froncés. Son cœur cognait trop fort. Il passa une main sur son visage.

— Je ne suis pas comme eux, Hannah. Bien sûr que tu comptes à mes yeux. J'ai des sentiments pour toi.

Il détestait regarder le passé en face, mais cette fois c'était nécessaire. Il devait faire comprendre à Hannah pourquoi il avait réagi de façon aussi stupide. Il devait lui expliquer qu'il avait pensé bien faire.

— Il y a longtemps, je suis tombé amoureux.

Elle grimaça comme s'il l'avait insultée. Il souffrait terriblement de ne pas pouvoir la rejoindre. Elle restait figée à quelques mètres de lui, blessée, blême.

— C'était sûrement une lubie de jeunesse. En tout cas, c'est ainsi qu'on m'a décrit l'histoire ensuite, dit-il d'une voix qu'il espérait parfaitement neutre. Nous étions jeunes, mais je voulais l'épouser. J'étais censé attendre qu'Eijaz se marie, puis accepter la fiancée que ma mère choisirait pour moi. Alors j'ai planifié de m'enfuir avec elle. Mais mon père m'a envoyé en mission pendant des mois dans le désert et, quand je suis revenu, elle s'était mariée et elle vivait en Australie. Ils ont deux filles. J'ai entendu dire qu'elle est très heureuse. Et désormais, je reste prudent lorsqu'il s'agit de révéler ce que mon cœur désire.

— Tu croyais que quelqu'un me renverrait chez moi si tu osais me montrer un soupçon de respect ?

— Je n'en sais rien ! lâcha-t-il, agacé.

Lui aussi était au pied du mur et il ne le supportait pas.

— Mon roi a le pouvoir de prendre des décisions brutales et immédiates sans se soucier de la façon dont elles pourraient m'affecter. J'ai appris ma leçon, Hannah. Mes sentiments n'ont jamais eu d'importance, pour quiconque. Si je te laisse avoir de l'importance au-delà du devoir que je te dois, alors…

Il ne voulait pas terminer cette phrase. Il ne pouvait supporter l'idée de la perdre. Ce qui était né entre eux, c'était… C'était précieux, n'est-ce pas ?

— C'est ce que j'ai ressenti aussi, souffla-t-elle. J'ai eu l'impression de n'avoir aucune importance. Et t'entendre dire que tu ne veux pas reprendre le risque de tomber amoureux ne me soulage pas beaucoup, je dois dire.

— Bien sûr que tu es importante à mes yeux ! Et j'aurais dû te le dire. J'aurais dû le dire à tout le monde, je le comprends. Ma mère pense encore que tu es la nourrice et je l'ai laissée dans l'ignorance simplement parce que…

Il fit un geste frustré de la main. Frustré d'être incapable de s'exprimer correctement, déçu de lui-même.

— Ça, ça ne me gêne pas, marmonna-t-elle.

— Cela me gêne, *moi*. Je ne parviens pas à la faire changer d'avis. Je suis impuissant. Je ne peux pas avoir l'air de vouloir voler le pouvoir de mon frère défunt ou de mon père affaibli. Je ne pourrais pas instaurer quoi que ce soit de réellement percutant avant…

— La cérémonie, fit-elle, perspicace.

Elle l'observait attentivement, les bras croisés. Ses épaules, cependant, s'étaient détendues.

— Oui. Encore deux mois. Et à ton arrivée, j'ai pensé que

tu avais bien assez à faire avec le déménagement, la grossesse, puis Qaswar. La presse t'aurait harcelée. J'ai cru bien faire en te protégeant de l'attention du public, mais j'ai fait une erreur. Tu es restée cachée trop longtemps.

— Quoi ? Où est-ce que tu veux en venir ?

Elle commençait à comprendre le cheminement de sa pensée. Un éclair de panique traversa son regard. Elle avait l'air de vouloir se fondre dans le papier peint.

— Il est temps que tu prennes ta position officielle. Tu es la mère du futur roi. Tu es ma femme. Tu seras régente, toi aussi. Je veux que mon peuple te voie, et voie le respect et l'affection que je te porte. Ils reconnaîtront ta valeur et te protégeront comme je le fais.

— Quoi ? Bien sûr que non ! Ils me détestent !

— Qui donc ?

— Tous ! Tu as vu ce qu'ils disent en ligne…

— Plus personne ne dit rien.

— Ils ont arrêté parce qu'ils ont eu le temps de m'oublier. Laisse-moi rester cachée, Akin, supplia-t-elle. Je ne veux pas qu'ils me voient. Je n'aurais pas dû dire quoi que ce soit.

— Non. Tu verras. C'est la meilleure solution.

— Tu vas t'en mordre les doigts.

— Hannah.

— Arrête de dire mon nom sur ce ton.

— Hannah, répéta-t-il, aussi doucement qu'il le pouvait, en la rejoignant enfin.

Elle secoua la tête avec tant de véhémence que son foulard glissa sur ses cheveux. Il posa ses mains sur le mur, de part et d'autre de ses épaules. Comme elle était perchée sur une marche, elle était assez haute pour faire face à sa bouche.

Il ne voulait pas l'intimider. Il ne voulait pas l'obliger. Ils étaient égaux – elle devait bien en avoir conscience.

— Tu ne peux pas demander à être ignorée. Tu viens de me dire que je t'ai blessée en te laissant à l'écart.

— Mais c'était parce que…

Sa lèvre inférieure tremblait, mais sa main s'était nichée au creux de son épaule, tiède et délicate.

— Parce que tu pensais que je ne te respectais pas. Je te respecte, Hannah. Nous sommes plus que des alliés.

Elle trouva son regard et le soutint.

— Nous sommes partenaires, ajouta-t-il.

Elle baissa les yeux, peut-être pour dissimuler l'émotion qu'ils auraient trahie.

— Tu ne peux pas fuir devant ceux qui ne voient pas ta vraie valeur. Tu n'es pas lâche, Hannah. Regarde à qui tu tiens tête, à cet instant précis.

— Ah ? C'est ça que je suis en train de faire ?

Sa main ne le repoussait toujours pas, mais il ne tenta pas d'envahir son espace. Il en avait envie, néanmoins. Il avait envie de la presser contre le mur et de savourer ses courbes contre son corps. Il voulait faire courir ses mains et sa bouche sur elle…

— Je ne suis pas habitué à ce qu'on me donne quoi que ce soit, confia-t-il. Je me suis entraîné à ne rien désirer.

Mais soudain, il voulait tout prendre, *la* prendre. Du pouce, il caressa la courbe de sa pommette.

— Pour moi, le plaisir a toujours été fugitif et fortuit. Mais tu me l'offres si délibérément, si généreusement. Je ne savais pas comment l'accepter avec dignité. Je ne sais toujours pas, pour être honnête. Mais je veux que ce mariage soit réel. Je te veux *toi*. Même si c'est difficile pour moi de l'admettre à voix haute.

Un froncement peiné froissa son front. Il y posa sa bouche pour apaiser la peine qu'il lui causait sans le vouloir.

Hannah ne savait pas si elle était la plus grande idiote de la galaxie, ou si elle tendait la main vers sa salvation – mais elle laissa glisser ses doigts sur la nuque d'Akin et enlaça son cou. Il frissonna contre elle – ou était-ce elle ? – quand elle se souleva sur la pointe des pieds pour l'étreindre. Il l'attira à lui et la serra contre son cœur. Le tremblement les engloutit tous les deux.

Et quand elle leva le visage vers le sien, il captura sa bouche sur un baiser plus brûlant qu'un fer rouge. Si elle doutait encore de son désir pour elle, elle en avait une nouvelle fois la preuve. Il l'embrassait avidement, sans égoïsme, non, oh non – mais avec une voracité totale. La réserve qu'elle lui connaissait si bien s'envolait en fumée ; il avait enfoui sa main dans ses cheveux courts et explorait savamment sa bouche. Elle perdait toujours pied dans ses bras, mais le besoin étincelait en elle comme une haute flamme, vivace, impérieuse. Une petite voix lui conseillait encore la prudence, mais que pouvait-elle bien y faire ? Elle ne se maîtrisait pas plus qu'Akin. Elle crispa les doigts sur le col de sa robe et lui rendit son baiser au centuple.

Il grogna dans sa bouche et la pressa contre le mur, sans que leurs lèvres se quittent ni leur baiser s'essouffle ; il n'y avait que lui et ses lèvres, la griffure de sa barbe et ses mains sur elle, et un plaisir pur et insensé. Elle ne savait plus qui elle était ; elle se sentait emportée par son parfum et, après avoir fait glisser son keffieh, grisée par la texture de ses cheveux sous ses doigts, la douceur de sa nuque.

Ses mains brûlantes coururent sur ses épaules, le long de son dos, sur ses fesses, puis remontèrent sur son ventre avant de s'arrêter sur ses seins. Elle ne pouvait que suivre leur trajectoire, en songeant qu'elle en voulait *plus*, plus de caresses, plus de chair, plus de lui. Quand ses lèvres l'abandonnèrent pour embrasser sa gorge, et qu'il ouvrit habilement la fermeture de son abaya, elle s'entendit soupirer de soulagement et d'impatience.

— Qu'est-ce… Non mais, qu'est-ce que c'est que ça ?

Il écarta les pans de l'abaya. Dessous, elle portait un soutien-gorge de sport, un débardeur et un short de yoga.

— Je vais faire du sport après les visites à ta mère.

Aujourd'hui, elle avait une classe de zumba entre femmes. Elle était venue attendre à la bibliothèque plutôt que de retourner dans ses appartements. L'abaya se révélait très pratique au quotidien : personne ne savait ce qu'elle portait en dessous. Sauf Akin, à cet instant précis. Et elle avait *beaucoup* de peau découverte, d'un seul coup.

— Je n'ai pas encore perdu les kilos de la grossesse…, marmonna-t-elle en grimaçant.

Des kilos qui s'ajoutaient à des courbes déjà… rondes.

— Et alors ?

Akin lui sourit lentement et suivit la ligne de sa cuisse pour caresser allègrement ses fesses.

— Tu es extrêmement sexy, Hannah.

— Et tu es extrêmement gentil. Tu ne devrais pas faire ça ici, cela dit.

— Faire quoi ? murmura-t-il, sa bouche joueuse sur l'angle de sa mâchoire. Tu aimes les bibliothèques, n'est-ce pas ? Laisse-moi rendre celle-ci inoubliable.

Elle émit un petit rire étranglé lorsque sa main glissa sur son short.

— Je… Je ne peux pas…, balbutia-t-elle alors que sa bouche trouvait le creux de son cou, délicieusement torride.

— Non ? Essayons, pour voir.

Par réflexe, elle tenta de serrer les cuisses. Les caresses intimes l'avaient toujours mise mal à l'aise… Mais pas aujourd'hui. Pas avec Akin. Il prenait tout son temps, et il réagissait à ses réactions. Elle était écartelée entre la timidité et l'excitation.

— Hannah.

Cette façon qu'il avait de murmurer son nom… Divine.

— Dis-le-moi, si tu veux que j'arrête.

Il la caressait très légèrement, à un rythme infernal de lenteur. Sa chair fourmillait. Elle trembla, et un gémissement mourut dans sa gorge.

— Non. N'arrête pas.

Il suça son lobe d'oreille et pressa sa paume entre ses cuisses, avec fermeté, une délicieuse fermeté.

— Tu es si chaude ici, *ya amar*. Bouge avec moi. Montre-moi ce que tu aimes.

Ses lèvres trouvèrent les siennes, et il l'embrassa langoureusement, en guidant son corps sur la cadence divine de ses doigts. Il ne comprenait pas – rien de tout ça n'avait jamais fonctionné pour elle. C'était bon et oh… elle voulait continuer. Elle en avait le vertige ; elle avait fantasmé une rencontre sensuelle dans une bibliothèque tant de fois, mais elle n'arrivait jamais à… Elle était trop inhibée pour s'offrir ainsi…

Et pourtant, quand Akin s'arrêta brusquement, elle manqua de crier de frustration. Elle rouvrit brutalement les paupières. Il n'allait pas la laisser comme ça, pas vrai ? Non, Dieu merci, sa main glissait sur son ventre et passait sous l'ourlet de son short. Elle retint son souffle.

Peut-être devrait-elle lui dire que ses efforts ne serviraient à rien ? Leur épargner à tous les deux cette humiliation ? Mais les mots moururent sur sa langue. Elle resta immobile, paralysée par l'éclat sulfureux de ses prunelles sombres. Quand ses doigts trouvèrent son clitoris, elle sursauta contre lui.

— *Si* chaude, répéta-t-il contre sa bouche pendant qu'il attisait sa fièvre, frottement après frottement, chaque caresse infiniment délicate, infiniment dévastatrice, magique et interdite, et…

— Je te revois quand tu avais ta bouche sur moi. J'y pense sans cesse. Je veux te donner la même chose. Je veux te faire jouir si intensément que tu ne tiendras plus debout.

— Je…

Elle aurait voulu le supplier de ne pas la regarder, pas quand elle fermait les yeux et ouvrait les lèvres, pas quand elle repensait à la façon dont il s'était durci sur sa langue – et maintenant, quand elle sentait ses deux doigts juste *là*, à l'endroit même du plaisir, chaque pression lui faisait gravir nouvel échelon d'érotisme… Elle crispa la main sur la sienne pour le piéger entre ses cuisses et ondula contre ses doigts jusqu'à ce que l'orgasme l'engloutisse, aussi aigu qu'une lame dégainée. Oh – elle entendait ses gémissements résonner sous le haut plafond de la bibliothèque, elle se sentait pulser autour de ses phalanges, mais peu importait, parce que c'était si incroyablement *bon*.

La voix d'Akin était une caresse de velours à son oreille, et sa bouche volait des baisers dans le creux de son cou pendant qu'elle tremblait dans ses bras, haletante. Après une éternité, elle remarqua qu'elle était toujours crispée, hissée sur la pointe des pieds, et retomba lentement sur terre.

Ils s'embrassèrent encore, et encore. Quand elle chercha la

forme rigide de son sexe sous ses vêtements, il recula avec un soupir de réticence.

— Je dirais que nous sommes quittes, mais tu m'en devais une d'avance, fit-il en souriant. Pour l'instant, je dois partir. Parlons-en ce soir. Je viendrai dîner avec toi.

Elle hocha la tête et déglutit difficilement. Elle tremblait encore. Et elle était si naïve… Les garçons qu'elle avait fréquentés avant lui n'étaient que des expériences, des tentatives. Mais pas Akin. Elle ne voulait pas être son amie, elle ne voulait pas qu'il l'apprécie. Elle voulait le mériter. Elle voulait le rendre heureux. Elle voulait s'offrir à lui et elle brûlait qu'il s'offre à elle.

Évidemment. Elle était en train de tomber amoureuse de lui, malgré tous ses avertissements. Il lui avait avoué qu'il avait peur de lui donner trop d'importance. Qu'il s'était toujours efforcé de ne rien désirer, de ne rien aimer. Et elle avait répondu en lui offrant son cœur sur un plateau d'argent.

9.

Quand Akin décidait de passer à l'action, son efficacité était vertigineuse. Ce soir-là, il vint dîner avec elle, passa du temps à cajoler son neveu et reprit leur étreinte où ils l'avaient laissée jusqu'à ce que son téléphone ne les interrompe et ne l'emporte à nouveau.

Dès le lendemain matin, il l'invita à le rejoindre dans ses bureaux, de l'autre côté du palais. Pendant que Nura courait chercher une parfaite combinaison, à la fois élégante et modeste, Hannah abandonnait sa tartine et son pamplemousse pour sauter dans la douche. Une fois là-bas, Akin lui présenta une véritable armée d'employés. Il resta à ses côtés en rappelant au personnel qu'elle venait d'avoir un bébé, mais qu'elle prendrait graduellement toutes les fonctions de la reine.

— Tu sais que je ne sais pas comment être reine, pas vrai ? murmura Hannah, une fois seule avec lui dans le bureau qui lui était maintenant réservé.

Son bureau ! Un magnifique espace, aéré et baigné de soleil, décoré d'adorables meubles d'inspiration néo-classique. Il était même doté d'une bibliothèque encastrée et d'un petit balcon donnant sur les jardins du palais.

— Tu savais comment être mère avant de l'être ?

— Tu veux dire que les enjeux sont les mêmes ? Si je me trompe, il y a des risques que quelqu'un meurt dans d'atroces souffrances ?

— Tu vois. Tu as déjà tout compris.

— Ne rigole pas, Akin, je suis terrifiée.

Elle ouvrit la porte. Immédiatement, l'équipe d'ouvriers qui installaient les bureaux de son futur bataillon d'assistants se figea comme une meute de biches dans les phares d'une voiture, les yeux rivés sur elle. Oh ! Dieu du ciel.

— Désolée, marmonna-t-elle en refermant la porte.

Au moins, elle commencerait avec des réunions en petits effectifs et des tâches organisationnelles…

— Quand est-ce que tu veux me faire, hum, sortir en public avec toi, déjà ?

— Cela dépend. Comment définis-tu « public » ? Nous tenons un dîner ce soir même.

— Ce soir ? Non. Quoi ? Avec qui ?

— Les familles royales alentours. Des rois et reines alliés. Tu vas les adorer, ne t'inquiète pas.

Des… reines. Oh… D'accord. Comment pouvait-il être si intelligent et si profondément stupide à la fois ?

— Ta dame de compagnie t'emmènera au harem dès qu'elles arriveront…

— Tu as un harem ?

— Qu'est-ce que tu imagines, Hannah ? Des esclaves sexuelles en pantalons bouffants qu'on invoque en frottant une lampe à huile ?

— Euh…

— C'est un ensemble de pièces réservées à nos invitées afin qu'elles aient autant d'intimité qu'elles le désirent. Leurs maris ont une suite dans la même aile si elles préfèrent dormir avec eux, mais le harem est assez spacieux pour accueillir leurs dames de compagnie, et leurs enfants si elles les prennent avec elles. C'est une convenance culturelle, pas une obligation. Les accueillir là-bas te permettra d'apprendre à les connaître dans un contexte plus détendu qu'à dîner. Je ferai la même chose avec leurs époux dans mon salon privé.

Elle croisa frileusement les bras.

— Est-ce que je peux emmener Qaswar ?

— Comme bouclier humain ?

— Les gens aiment les bébés.

— Hannah.

Elle esquiva la main tendre qui tentait de prendre son menton. Elle ne pouvait pas soutenir son regard tout de suite.

— Je suis sérieuse, Akin. Imagine que tu as passé tes années de collège avec le visage couvert d'acné et des jeans démodés depuis dix ans, et dis-moi si tu te sentirais d'attaque pour aller faire des risettes à une flopée de reines. Ça ne faisait vraiment pas partie de notre marché.

Il prit ses mains pour décroiser ses bras, puis se pencha sur elle.

— Non, non, je ne vais pas t'embrasser, décréta-t-elle. Je t'en veux. Tu as prévu tout ça sans me prévenir.

— Je te préviens maintenant. Je ne les ai invités qu'hier, après notre conversation dans la bibliothèque.

Sa bouche s'incurva légèrement sur le mot « conversation », et elle le foudroya du regard. Il ne cilla pas, parfaitement à l'aise, et caressa ses épaules.

— Ils ont confirmé tout à l'heure, donc je t'en ai parlé aussi vite que possible. Prends Qaswar si tu le souhaites, mais tu n'auras pas besoin de lui.

Il l'attira à lui, mais elle resta raide comme un piquet, déterminée à bouder, sauf que… Il caressait son dos avec ses mains magiques et elle se sentait fondre à vitesse grand V.

— Au fait, tu peux dormir avec ton mari, tu sais. Viens dans ma chambre. Nous n'avons pas besoin de nous rejoindre en douce comme des adolescents.

— Mais tu n'es jamais là, non ?

— Jusque-là, je n'avais aucune raison d'apprécier mon lit. Mais maintenant si, n'est-ce pas ?

Elle avait un bilan de santé dans quelques jours, et elle serait enfin prête pour ce qu'il avait… sûrement en tête. Quant à survivre à une nuit entière d'étreintes torrides avec Akin, c'était une autre histoire.

— Pas si je meurs de trac avant ce soir.

— Oh ? D'après nos studieuses recherches, je dirais que nous avons trouvé la meilleure façon de te détendre.

Il la fit reculer vers le bureau sur lequel elle était censée lire des rapports, signer des chèques et répondre à des lettres, et… Sa tablette émit un tintement strident.

Sauvée (ou frustrée) par le gong.

— L'autre homme de ma vie m'appelle, susurra-t-elle en prenant la fuite avant de succomber à la tentation.

Hannah enfila une robe à fleurs, avec laquelle elle aurait un mal fou à donner le sein, et une paire de sandales à talons qui lui tailladaient la voûte plantaire. Nura la maquilla légèrement et drapa un foulard clair sur ses cheveux.

C'était terrible. Elle était horriblement nerveuse. Sa seule consolation, c'était que son fils était joli comme un cœur. Il tenait de son père, avec ses grands yeux sombres, ses cheveux noirs, et des cils dignes d'une publicité pour du mascara. Il ressemblait aussi beaucoup à son oncle… Non pas qu'elle passe son temps à rêver des longs cils d'Akin.

Nura et une nourrice l'accompagnèrent dans une aile du palais qu'elle n'avait encore jamais vue. Les gardes qui tenaient la porte la firent entrer dans… un hall d'hôtel ? Au centre, un assistant qu'elle connaissait tenait une sorte de bureau d'accueil. Derrière la réception, un grand escalier luxueux et un ascenseur menaient à l'étage supérieur, où étaient peut-être situées les chambres. Sur le côté, une petite salle à manger donnait sur une cour aménagée, plus petite que la sienne, mais tout aussi solaire.

Dehors, trois femmes prenaient le thé autour d'une table. Nura lui avait donné quelques informations avant de venir : celle à la carnation typiquement arabe devait être Galila, la reine de Zyria. Fern, une Anglaise devenue reine de Q'Amara, était sans doute la belle rousse au teint d'ivoire. Et Angélique, reine de Zhamair, était une superbe brune. Elles étaient visiblement amies : elles parlaient avec animation et riaient aux éclats. Elles portaient toutes des robes décontractées et occidentales, comme Hannah. Mais, contrairement à elle, qui se sentait déjà froissée et ébouriffée, elles étaient toutes incroyablement belles et détendues.

Elle eut envie de pleurer, mais l'assistant à l'accueil se pressait déjà pour l'annoncer, le traître.

— Vos Altesses, puis-je vous présenter le prince héritier de Baaqi et sa mère, princesse Hannah ?

Les trois reines se levèrent avec grâce pour l'accueillir, leurs visages lumineux de curiosité. Elle avança entre les portes vitrées et se força à sourire.

— Bienvenue à Baaqi. J'espère que vous êtes bien installées ? Appelez-moi Hannah, je vous en prie.

Elles se présentèrent à leur tour. Galila était enceinte mais portait son bébé comme on porte une robe de créateur. Elles s'extasièrent toutes à qui mieux mieux autour de Qaswar, puis la supplièrent de les laisser le porter et le câliner.

Elle pensa sauvagement « Non, il est à moi », et leur répondit aimablement « Oui, bien sûr ».

Les deux fils de Fern n'étaient pas venus, mais elle ramena bientôt sa fille de quatre mois, qui venait de se réveiller de la sieste. La petite avait les cheveux noirs et deux petites dents. Elle offrit à Hannah un grand sourire troué.

Les bébés étaient un moyen infaillible de briser la glace et de grands pacificateurs. Elles se questionnèrent les unes les autres et échangèrent leurs mésaventures. Quand Angélique lista tous les jumeaux de sa famille, Hannah réalisa qu'elle ne l'avait pas reconnue – un premier faux pas, mais pas le dernier, sûrement.

— Oh ! je n'avais pas fait le lien. Vous êtes l'une des jumelles Sauveterre ! Vous et votre sœur aviez une maison de haute couture, n'est-ce pas ?

— Nous sommes toujours à la tête de notre label, mais nous ne faisons plus autant de collections qu'avant. Avoir des enfants prend un temps fou. Qui l'eût cru ? répondit Angélique avec un sourire malicieux.

Sans qu'Hannah s'en rende compte, une heure entière passa. Elle était aussi à l'aise avec ses invitées que si elle avait retrouvé des collègues bibliothécaires pour un club de lecture. Elle avait presque oublié qu'elle ne faisait pas partie de leur groupe d'amies, mais quand Galila les abandonna pour aller se reposer avant le dîner, elle se souvint brusquement qu'elle avait encore toute la soirée – et le reste de sa vie – pour se ridiculiser lamentablement.

— Est-ce que je peux vous poser une question ? demanda-t-elle à Fern et Angélique. Je me demandais si vous aviez déjà souffert de… l'attention de la presse et du public ?

— Tu veux dire, quand Zafir m'a mise enceinte alors que j'étais la gouvernante de ses nièces, par exemple ? s'enquit Fern, son sarcasme souligné par son accent britannique. C'était une expérience, c'est sûr.

— Oh. J'imagine, fit Hannah, compatissante. J'ai pas mal de… détracteurs, moi aussi. Ils m'ont crucifiée quand j'ai épousé Akin, mais ils se sont lassés parce que je suis restée dans l'ombre. Maintenant que je vais apparaître plus souvent en public, par contre…

Elle détestait admettre qu'elle avait une peur bleue, surtout à des femmes si impressionnantes. Mais elle savait que leurs conseils lui seraient précieux.

— Je me demandais comment vous faisiez pour supporter tout ça. J'ai peur de ce qu'ils diront de moi.

— La presse et les internautes ont insulté ma sœur pendant des années, lâcha Angélique. C'est terrible que les gens puissent se comporter de cette façon les uns envers les autres. Souviens-toi simplement qu'ils ne disent pas la vérité.

— Mais… Et s'ils disent la vérité ?

— Je ne comprends pas, dit Angélique.

Elle la regardait attentivement, comme si elle voulait vraiment lui venir en aide. Elle était si belle qu'elle en était intimidante, et pourtant elle exsudait une douceur incroyable. Hannah ne put s'empêcher d'avouer :

— Je ne ressemble pas vraiment à une… reine.

Angélique fronça les sourcils, se pencha vers elle et prit ses mains dans les siennes avec compassion.

— Hannah, je vais te dire ce que j'ai toujours dit à ma propre sœur. Si tu n'aimes pas ton reflet, que tu te sens triste ou que tu te sens moins belle que d'habitude, c'est ton droit.

Tes émotions ont de la valeur et je ne vais pas t'empêcher de les ressentir. C'est normal d'être blessée par les insultes. Mais ceux qui t'insultent, par contre ? Ils ne méritent pas ton attention. Ils veulent te faire mal. Ce n'est pas de l'honnêteté, c'est de la cruauté. Leurs mots sont comme des coups. Tu ne mérites pas d'être frappée, comme tu ne mérites pas d'être insultée. Si tu connaissais ces gens, tu ne les admirerais pas, tu ne respecterais pas leur opinion. Alors ne donne pas plus de crédit à leurs remarques qu'à celles des gens qui t'aiment.

— Je…

Hannah dut délivrer une de ses mains pour la presser contre ses paupières. Connaissait-elle des gens qui l'aimaient, ici ? Elle l'espérait. Au fond, dans les sombres recoins de son âme, elle avait peur qu'Akin finisse par voir le bien-fondé des moqueries et comprenne son erreur.

— Je sais que je ne devrais pas laisser leurs commentaires m'atteindre, mais je ne peux pas nier qu'ils ont raison. Je ne me suis jamais sentie jolie, confia-t-elle, les yeux brûlants.

Fern lui frotta l'épaule avec sympathie.

— Ne t'inquiète pas. Angélique m'a fait pleurer aussi la première fois que nous nous sommes rencontrées.

Hannah rit à travers ses larmes.

— Je sais, rationnellement, que mon apparence ne devrait pas avoir d'importance. Je ne serai jamais grande et mince, et ce n'est pas grave. Mais j'ai quand même du mal à affronter le miroir.

— Pour moi, c'est les sensations qui m'aident à me sentir belle, plutôt que ma véritable apparence, dit Angélique. Et Hannah, tu as un teint magnifique. En plus, les mères qui allaitent ont un avantage intégré. Regarde Fern : elle mise tout sur le décolleté, en ce moment.

— Hé ! montre-les tant que tu les as, hmm ? ajouta Fern.

— Qu'est-ce que tu portes ce soir ? demanda Angélique. Puis-je venir t'aider à te préparer ?

— Et me relooker ? demanda Hannah avec un sourire. Non, je ne veux pas faire semblant d'être quelqu'un que je ne suis pas.

— Ce n'est pas le but, dit Angélique. Tu es parfaite. Mais ma sœur et nos soirées déguisements me manquent. On pourra bavarder. C'est mon travail, de tirer avantage d'une garde-robe ! Pitié ?

Hannah ne pouvait pas résister à une proposition aussi amicale. Avec un peu de chance, Nura jouerait le rôle de bouclier si Angélique voulait la transformer en femme fatale.

Fern décida de se préparer dans le harem pour avoir le temps d'appeler ses fils, et Hannah reprit le chemin de ses appartements avec Angélique.

Aux yeux d'Akin, la diplomatie primait toujours sur l'intimidation. Néanmoins, il n'hésiterait pas à recourir au conflit armé si nécessaire. Ce dîner devait être ambassadorial, mais il y avait de grandes chances que ses actions soient considérées comme agressives. Elles étaient, tout du moins, tactiques.

Il avait invité trois des plus puissants rois de sa région pour une réunion officieuse qu'il avait présentée comme l'occasion de présenter sa femme à ses alliés. Mais aucun d'entre eux n'était stupide. Ils savaient que quelque chose se tramait.

Akin ne les considérait pas comme ses amis. Ils étaient tous alliés de longue date et se connaissaient bien par la force des choses – régulièrement réunis par les mariages, les funérailles, les couronnements et, occasionnellement, les rencontres fortuites en mission militaire.

Ils étaient tous, quoi qu'il en soit, des hommes sagaces. Les opinions qu'ils arrêteraient ce soir, et celles qu'ils partageraient après leur visite, auraient des conséquences dans le monde entier. Dès demain, Baaqi serait perçu comme fragilisé par un monarque affaibli, ou, au contraire, comme une nation florissante entre les mains assurées de son futur régent.

Akin invita chacun de ses trois invités dans les appartements royaux pour qu'ils présentent leurs respects à son père, de roi à roi. Sa santé déclinante et son manque d'intérêt pour les négociations s'avérèrent douloureusement évidents.

Après cela, ils se réunirent pour un verre dans un des

fastueux salons dont on réservait l'usage aux rencontres les plus influentes.

— Imaginez, mes chers amis, remarqua Zafir en trinquant avec lui, que nos pères se sont un jour rassemblés dans cette pièce et pensaient qu'ils auraient notre âge pour toujours.

— Longue vie à ceux qui restent, et à nous, ajouta Karim.

Lui et Zafir avaient perdu leurs pères très jeunes.

— La mortalité d'un père donne toujours à réfléchir, dit Kasim, pensif. Je me souviens des dernières années du mien. Nous marchions sur une corde raide.

Par leurs paroles, ils reconnaissaient tous la position difficile dans laquelle se trouvait Akin, pris entre la fierté royale de son père et son incapacité à régner.

Akin leva son verre.

— Et c'est tout aussi difficile de trouver sa place en tant qu'oncle, destiné à éduquer un roi, ajouta Karim.

Son hochement de tête était respectueux, mais véhiculait aussi une pointe d'avertissement.

— Mon oncle te ressemblait. Il a été une influence stable et puissante, un modèle dont le sens du devoir me guide encore aujourd'hui.

« Nous comprenons ce que tu fais. Nous t'observons, et nous pouvons influer sur ton image si nous n'apprécions pas la direction que prendront tes pratiques » : voilà ce que Karim disait entre les lignes.

— Au moins, tu étais assez grand pour connaître les bases de la politesse, rétorqua Akin, le visage impassible. J'ai porté Qaswar l'autre jour, et j'ai passé le reste de ma journée à me demander *d'où venait cette odeur*.

— Ah. Le parfum enivrant des nouveaux pères. Il y a des chances que je porte le même aujourd'hui, lâcha Zafir, grimaçant.

Ils rirent à l'unisson et passèrent à des sujets plus neutres. Mais Akin n'était pas dupe : il était toujours sur la sellette. Si Qaswar n'avait pas existé, lui-même aurait été reconnu comme l'héritier du trône sans aucune opposition. Mais ce titre revenait désormais à un bébé, et ses invités voulaient s'assurer qu'aucun coup de force ne mettrait en péril la stabilité de la région. S'il le fallait, ils enverraient leurs armées soutenir un bambin contre Akin. Sans leur soutien, Akin n'avait rien.

C'était une des raisons pour lesquelles il était important qu'Hannah prenne aussi sa place sur le devant de la scène, malgré ses réticences. Jusqu'à ce que Qaswar soit en âge de comprendre les subtilités de la diplomatie, c'était à travers elle qu'Akin devrait démontrer son dévouement. Il voulait assurer le public de sa loyauté, bien sûr, mais ce n'était pas une pantomime : il était sincère. Sa vie aurait été plus simple sans Qaswar, et pourtant il chérissait son existence.

On toqua doucement à la porte pour annoncer l'arrivée de leurs épouses.

Une boule d'inquiétude lui nouait la gorge. Comment allait Hannah ? Si une des invitées avait osé attaquer son petit rat de bibliothèque, il n'hésiterait pas à passer à l'offensive. En commençant par les bannir de son palais. Certes, Hannah n'était pas la plus glamour des…

Sa bouche s'assécha brusquement. Hannah était entrée en tête, le menton haut, le visage rayonnant.

Royale en tout point.

Une fierté immense lui dilata le cœur. Il ne put retenir un sourire, un vrai sourire.

Les quatre femmes portaient toutes des longues robes de cocktail. Celle d'Hannah, couleur bronze, ruisselait sur sa silhouette voluptueuse comme du caramel sur de la crème glacée. Ses cheveux avaient été sculptés en une courte coupe lisse et élégante, rehaussée par une tiare discrète qui lui conférait une sophistication tranquille.

Elle ne portait pas ses lunettes, et ses cils étaient décidément faux, mais son sourire était sincère, et si étincelant de joie qu'il en fut ébloui. Elle portait des talons, et le rejoignit avec une démarche ondulante dont le souvenir ne manquerait pas de lui tenir chaud quand il dormirait seul.

— Mon épouse, la princesse Hannah, annonça-t-il en glissant un bras autour de sa taille.

Il aurait préféré la jeter sur son épaule et l'emmener dans sa chambre, mais il avait l'intuition que ses invités y trouveraient à redire. Hannah salua chaque roi avec une intelligence émotionnelle qu'il n'aurait pas su imiter.

— Oh ! votre fille est adorable. J'ai demandé à Fern quelques conseils pour rendre mon bébé aussi heureux qu'elle... Galila m'a parlé des politiques d'alphabétisation que votre pays a mises en place, j'ai hâte de voler ses merveilleuses idées pour Baaqi... Je suis tellement heureuse d'avoir rencontré Angélique cet après-midi. Elle a été très généreuse avec moi et a supporté mon espagnol balbutiant pendant des heures.

Il voyait dans les yeux de chaque homme la même admiration que la sienne. Ils continuèrent de bavarder un moment avant de passer dans la salle à manger, où une table carrée avait été richement dressée. Chaque couple était assis sur un des quatre côtés, afin qu'un prince ne soit pas placé au-dessus d'un roi, même si Akin était l'hôte.

— Sans lunettes ? souffla-t-il en tirant la chaise d'Hannah.

— Lentilles. Tu n'as pas remarqué ? C'est pour ça que je te fais des clins d'œil frénétiques depuis tout à l'heure.

Il dissimula un sourire. Adorable, elle était adorable. Mais c'était son esprit qui la rendait incroyablement sexy. Ils discutèrent de choses et d'autres, en passant d'un scandale au pensionnat du fils de Zafir à des débats politiques complexes sur la région, et Hannah, attentive, posait des questions incisives et proposait toujours une perspective aussi brillante qu'inattendue.

Il ne se souvenait pas d'avoir passé une soirée aussi agréable et sincèrement sociable depuis des années. Quand les femmes se levèrent pour se retirer, elles les embrassèrent chacun sur la joue et retournèrent immédiatement leur invitation. Akin aurait pris leurs propositions comme de la simple courtoisie, mais leurs maris renchérirent à leur tour :

— Bien sûr ! Nous sommes en Angleterre le mois prochain, mais Hannah, accompagnerez-vous Akin au sommet commercial prévu en juin ? Je vous ferai préparer des chambres au palais, proposa Zafir.

L'offre surprit Akin. C'était le signe d'une approbation qu'il n'avait osé espérer lorsqu'il avait organisé ce dîner.

— Merci, dit-il. Ce serait un honneur.

Hannah n'irait pas jusqu'à dire qu'elle s'était miraculeusement transformée en sublime princesse après le dîner diplomatique, mais elle avait un peu moins l'impression d'être un imposteur. Elle avait gagné trois amies, et la soirée s'était si bien déroulée qu'elle avait l'impression de l'avoir rêvée.

C'était la victoire dont elle avait besoin pour oser endosser le rôle qu'Akin lui offrait. Le rôle public, en tout cas. Depuis, elle avait pris le thé avec les présidentes des organisations caritatives que la reine sponsorisait et avait accompagné Akin à l'ouverture du chantier de ce qui serait bientôt le siège du Parlement de Baaqi.

Son rôle d'épouse, par contre ? C'était une autre histoire. Elle n'avait pas vu Akin seul à seule depuis leur dîner officiel. Un conflit lié à l'aménagement d'un territoire pétrolifère l'avait réclamé ces deux dernières nuits. Il avait repris le travail à son retour, ce matin très tôt, et lui avait envoyé un SMS pour la prévenir qu'il ne petit déjeunerait pas avec elle, mais…

Passe par mon bureau sur le chemin du tien ?

Et voilà qu'elle posait la main sur la poignée de la porte. Elle devinait sa belle voix grave à l'intérieur. Elle avait des papillons dans le ventre. Elle poussa le battant.

Son bureau reflétait bien sa carrière militaire. Une décoration sans fioritures, quelques accessoires utilitaires. Des dignitaires quittaient justement la pièce, si bien qu'elle dut se présenter à chacun avant leur départ. Finalement, elle se retrouva seule avec Akin et deux de ses assistants, qui s'empressaient autour d'elle comme des mères poules et insistaient pour lui offrir de l'eau, du gâteau, une chaise, de l'ombre, du café.

— Merci, je n'ai besoin de rien, assura Hannah.

— Fermez la porte en partant, ordonna Akin.

Ils s'éclipsèrent aussitôt.

— Personne ne m'offre de gâteau avec mon café, marmonna Akin.

— C'est parce qu'ils savent que tu manges le cœur de tes ennemis au petit déjeuner, susurra-t-elle.

— Mais tu as de la chance, ce matin, j'ai encore faim.

Il la contempla de haut en bas, lentement, lascivement.

— Beau parleur, ce matin, fit-elle pour cacher sa timidité.

— N'est-ce pas ? Tu es faiseuse de miracles. Dis-moi, as-tu vu le médecin pendant mon absence ? Combien de temps devons-nous encore attendre, *ya amar* ?

Elle inspira profondément. Sous son regard vorace, elle avait soudain besoin d'ouvrir le col de sa blouse et de s'éventer un peu. Il faisait très chaud, non ?

— Oui, il m'a posé un dispositif contraceptif et m'a confirmé qu'il était prenait immédiatement eff…

Akin avait déjà pressé un bouton sur son bureau. Quelque part dans l'espace de travail, une sonnette retentit, et la porte s'ouvrit immédiatement sur son secrétaire.

— *Sayidi ?*

— Annulez tous nos rendez-vous pour la journée.

— Quoi ? s'exclama Hannah.

— *Nem, sayidi.*

La porte se referma.

— Je ne pensais pas… Je ne suis pas…

Akin lui tendit la main. Elle s'interrompit, incapable de former une phrase compréhensible. Le brasier de son regard lui donnait le tournis.

— Maintenant ?

— Je ne vais quand même pas te faire l'amour ici ici, décréta-t-il. Pas cette fois, en tout cas. Pas la première fois. Mais j'y pense depuis si longtemps que, si je dois passer toute la journée à l'anticiper, je risque de tout gâcher en cinq minutes. Viens avec moi.

10.

Elle glissa nerveusement sa main dans la sienne et il l'attira à lui. Puis il l'embrassa, juste une fois, et son cœur partit en galop. Il lui décocha un sourire complice. Avec l'empreinte de son pouce, il déverrouilla une porte et la précéda dans un passage secret. Ils passèrent devant une porte anonyme qui était peut-être celle de la salle du trône, mais elle perdit bien vite le sens des directions. Des portes protégées, une sortie de secours, quelques escaliers, des impasses… et aucune caméra.

— Tu n'es pas perdu, pas vrai ? s'enquit-elle enfin.

Il lui jeta un regard si piqué qu'elle ne put retenir un rire.

— Eijaz et moi jouions à cache-cache ici pendant des heures quand nous étions enfants. C'est un vrai labyrinthe. Et maintenant j'utilise ces passages pour faire l'école buissonnière avec ma femme. L'enfant en moi serait choqué par mon insubordination.

Il toucha un autre capteur et fit basculer un dernier pan de bois. Ils débouchèrent directement dans son salon. Le passage, de ce côté, était camouflé par une bibliothèque.

Dans la pièce, un homme barbu en tunique blanche et pantalon de coton se tourna vers eux, confus.

— Pris en flagrant délit, lâcha Akin. Hannah, je te présente mon majordome, Ulama. Ulama, la princesse et moi ne souhaitons être dérangés sous aucun prétexte.

— À moins que le bébé ait besoin de moi, ajouta Hannah.

Ulama s'inclina et disparut en toute discrétion.

Hannah s'avança dans le salon, fascinée de voir enfin l'espace privé de son mari. Comme son bureau, l'endroit était dépouillé, mais les teintes étaient apaisantes et lumineuses. Plusieurs fenêtres donnaient aussi sur le vrai monde, pas seulement sur leur cour partagée.

— Tu n'as pas de salle à manger, remarqua-t-elle en traversant les pièces.

Seulement une petite alcôve, une table et deux chaises, avec vue sur le désert.

— Non, je n'invite personne ici. Tu as le grand salon et la salle à manger privée pour les rassemblements familiaux, et les soirées officielles se déroulent dans les suites palatiales.

Elle était sur le point de le taquiner sur son appartement de célibataire quand il lui ouvrit la porte de sa chambre, plus grande et plus somptueuse encore que la sienne. Il avait un lit immense, des étagères lourdes de livres et d'opulents sofas. Elle s'arrêta devant les hautes portes vitrées donnant sur la piscine et la végétation luxuriante de la cour. Ils étaient cachés à la vue de tous, ici, mais une bouffée de timidité la paralysa quand il embrassa son cou, posté derrière elle.

— Que se passe-t-il ? demanda-t-il en sentant la tension de sa nuque.

— Tu ne crois pas que Nura peut nous voir ?

Il fit un pas de côté et pressa un bouton sur le mur. Dans un murmure d'étoffe, ses rideaux crème tombèrent sur les vitres, nimbant la pièce d'une lumière tamisée.

— Tu n'as pas de volets ?

— Si, mais je veux te voir.

Automatiquement, elle secoua la tête et croisa les bras.

— Pas moi. Je ne veux pas que tu me voies.

— Non ? Mais comment vais-je pouvoir admirer ta fossette, alors ? fit-il en levant son visage à lui pour caresser son menton. Elle est encore plus visible quand tu approches ton visage du mien, et elle est si adorable que je veux toujours l'embrasser.

Il bougeait à peine son pouce, mais la caresse était d'un érotisme insoutenable. Elle resta prisonnière de son regard brûlant, le front fiévreux.

— Je veux faire l'amour avec toi, Akin, vraiment.

Elle entendait l'accent plaintif de sa propre voix. Oh ! Elle se détestait d'avoir si peu confiance en elle.

— Mais j'ai beaucoup de complexes quand il s'agit de sexe. Je ne me suis jamais sentie séduisante et personne ne m'a jamais, hum… vraiment… d-désirée.

Elle serra les dents pour reprendre le contrôle de sa voix.

— Je sais que personne n'est parfait, et que tu ne t'attends pas à ce que *je* sois parfaite, mais j'ai quand même peur de te décevoir, soit à cause de mon physique, soit à cause de mon manque d'expérience…

Elle haussa les épaules, frustrée. À sa grande surprise, Akin ne rit pas. Il ne balaya pas son angoisse. Il fronça simplement les sourcils. Pensif. Tracassé, peut-être.

— Hannah. Quand nous sommes ensemble, je suis toujours enchanté. Et satisfait. J'espère que tu le sais. J'espère que… c'est aussi ton cas ?

— Bien sûr ! Mais ce n'est pas pareil. J'ai gardé mes vêtements.

— Hmmm. Essayons quelque chose.

Il détacha délicatement le foulard de soie qui couvrait ses cheveux et le fit coulisser dans sa main ; l'étoffe chatouilla sa gorge avant qu'Akin ne la passe sur ses yeux.

— Quoi ? Non, c'est toi qui devrais avoir les yeux bandés ! protesta-t-elle en refermant la main sur son poignet.

— Mais *je* veux te regarder, *ya amar*. C'est toi qui ne veux pas voir ma réaction. Tu la sentiras, néanmoins. Tu ne douteras plus jamais de mon désir pour toi, je te le promets.

Il attendit un instant qu'elle s'oppose à lui, mais, devant son silence, termina de nouer le foulard. Ses mains lissèrent les cheveux sur sa nuque et suivirent la courbe de son échine pour l'attirer dans ses bras. Il était déjà dur.

— Tu sens que je te veux, n'est-ce pas ? Tu l'entends ?

Sa voix était rugueuse de convoitise, si tangible dans le noir du bandeau qu'elle lui semblait courir sur sa peau comme du papier de verre, éveillant chaque nerf sous sa peau. Son souffle chaud frôla sa joue avant que sa bouche ne la trouve et glisse, inexorable, vers son oreille.

— Tu ne portes pas mes boucles d'oreilles.

— Non, je viens de les percer…

Elle leva la main et heurta son bras au lieu de trouver son lobe. Elle la laissa retomber avec un petit rire et rencontra son torse solide. Ne pas voir était étrange – bien sûr, elle fermait les yeux quand elle l'embrassait, mais c'était très différent. Cette fois, elle n'avait pas le choix. C'était comme faire l'amour dans le noir complet. Elle avait conscience d'elle-même, plus profondément. Conscience de lui, de son corps et de son souffle. Cette liberté lui donnait l'audace d'explorer ce que ses yeux ne pouvaient pas admirer.

Akin laissa échapper un gémissement de satisfaction. Il s'empara de ses lèvres et l'embrassa profondément. Ils s'abandonnèrent longuement à leur baiser ; leurs mains frôlaient le lin et la soie, puis plongeaient sous les étoffes aériennes, à la recherche de chair, de chaleur.

Sauf qu'au lieu de la toucher sous sa blouse, il l'ouvrit et la lui retira. Plutôt que de relever sa jupe, il défit la fermeture et la fit tomber au sol. Et au lieu de la serrer tout contre lui, il recula de plusieurs pas. Il n'y avait plus que de l'air frais autour d'elle.

— Akin ? protesta-t-elle en se cachant de ses bras.

— Oh ! non, *ya amar.*

Il prit ses mains et les écarta sur les côtés comme pour lui donner des ailes.

— Tu es bien trop modeste si tu crois que ce que je regarde n'est pas une illustration de la perfection.

— Oh ! pitié…, fit-elle.

Elle avait parlé d'un ton amusé, dans l'espoir que l'humour lui donne un peu de bravoure, mais en vain. Elle avait une garde-robe de luxe, maintenant, mais elle refusait de s'infliger des strings et tous les froufrous de la lingerie sexy. C'était bien trop inconfortable. Aujourd'hui, elle portait une culotte taille haute et un soutien-gorge d'allaitement, pour l'amour du ciel.

— Comment on l'enlève ? demanda Akin en posant ses doigts entre ses seins avant de suivre la brassière jusqu'à son fermoir, entre ses omoplates.

— Akin…

Elle essayait d'être courageuse, vraiment. Akin était son mari et elle voulait faire l'amour avec lui, et bien sûr qu'il la verrait un jour nue, mais elle se sentait si *vulnérable*. Quand il fit glisser les bretelles de son soutien-gorge et la contourna de nouveau, elle croisa les bras pour cacher ses seins.

— Hannah.

Son éternel ton autoritaire, mais il avait fait un effort pour l'adoucir. Assez pour qu'elle soit touchée plutôt qu'agacée. Touchée et… D'accord, un peu échauffée.

Quand il prit ses mains et posa un baiser sur chacune de ses paumes, puis au creux de ses poignets, des frissons grimpèrent sur sa nuque et ses épaules, glissèrent de ses épaules à ses reins, jusqu'à faire flageoler ses genoux.

— Si ces mains continuent de se mettre en travers de mon chemin, je vais devoir les attacher.

Il croisa ses poignets derrière son dos.

— Garde-les ici. Prétends que tu n'as pas le choix.

— C'est un peu trop… coquin, marmonna-t-elle.

— Coquin ? Seulement si cela t'excite. C'est le cas ?

Ses mains chaudes se refermèrent sur ses seins. Il les caressa pleinement, lentement. En se basant sur sa proximité et l'angle de sa respiration, elle pouvait deviner qu'il les regardait sous ses doigts. Ses pouces tracèrent le dessin de ses tétons tendus. Son corps se tendit sous la torture de sa caresse, mais elle ne bougea pas ses poignets. L'interdiction lui plaisait. L'interdiction voulait dire qu'elle était libre d'être à sa merci. Plus de lutte. Juste lui, et elle.

— Je crois que oui, dit-il d'un ton satisfait. Tu sais que tu respires *très* vite ? Tes seins bougent dans mes mains et c'est la plus belle chose que j'aie jamais vue.

— C'est la peur, mentit-elle. Je te rappelle que tu viens de me prendre en otage.

— Oh ! j'en suis bien conscient. Tu es à moi et je suis libre de te toucher comme j'en ai envie. Et de t'admirer. Si je souhaite baisser un peu ceci…

Il descendit sa culotte jusqu'à ce que l'élastique repose bas sur hanches, dévoilant les poils fins de son pubis.

— … rien ne peut m'arrêter. Tu es absolument sans défense.

Et pendant qu'elle restait immobile, tremblante de fièvre et de convoitise, douloureusement consciente d'être presque entièrement exhibée à son regard, il passa une main légère sur l'étoffe de sa culotte et s'appesantit, bien trop brièvement, au creux de ses cuisses.

Son corps entier s'embrasa instantanément, de la racine de ses cheveux aux profondeurs de ses entrailles. Chaque point de contact était un fourmillement de sensation, de frustration. Sur la soie humide de sa culotte, il la caressait avec une délicatesse terriblement cruelle.

— Tu es si adorable.

Sa main était douce, mais sa voix était dure, gutturale.

— Tu t'amuses beaucoup trop, lâcha-t-elle.

Il était si allègrement prêt à assouvir leur fantasme ! Décidément, Akin était bien plus espiègle qu'il en avait l'air.

— Je m'amuse juste assez, susurra-t-il. Je lutte de toutes mes forces pour ne pas te prendre tout de suite sur le lit.

Il l'attira à lui dans un baiser torride. Contre sa peau nue et frémissante, elle sentait le lin tiède qui le séparait d'elle. Dans son excitation, elle avait presque oublié qu'elle était « attachée », mais il referma vivement une main sur ses poignets pendant que l'autre montait sur sa cuisse pour serrer ses fesses. Il la cajola lentement, lentement, pendant qu'elle résistait à l'envie de se tortiller pour abandonner ses liens imaginaires, avide de se donner à lui.

— J'ai presque fini d'ouvrir mon cadeau, promit-il.

Elle entendit son genou craquer quand il s'agenouilla souplement pour lui retirer sa culotte. Elle ferma les yeux plus fort derrière le foulard, instable sur ses pieds pendant qu'il détachait ses sandales. Il se redressa ensuite et toucha sa hanche pour la faire reculer, peut-être plus près du lit. Dans le froissement d'étoffe, elle devina qu'il se déshabillait à son tour. Elle humecta ses lèvres, tendue à craquer, aux aguets, patiente, impatiente, mais il n'y avait plus que le silence, maintenant.

— Qu'est-ce que tu fais ?

— Je te regarde.

Sa voix venait de derrière elle.

— Tu es devant le miroir, expliqua-t-il. Je vois tout. Tes fesses rondes et tes beaux seins, tes cuisses pâles et ton ventre doux. Et ton obéissance.

Il effleura ses poignets encore croisés.

Elle avait commencé à les détacher, mais l'encouragement la retint. Elle crispa les poings et s'entendit gémir de frustration impuissante.

— Je regarde ta bouche plissée d'agacement et je pense à tout le plaisir que tu me donnes avec elle. Et je regarde tes cheveux…

Ses doigts caressèrent les mèches courtes sur sa nuque.

— Si soyeux que je veux dormir en y calant ma joue.

Il avança, tout proche. Son corps tiède frôlait son dos. Son ventre musclé effleura ses mains liées. Son membre dur se pressa contre ses fesses, brûlant, lourd, pendant qu'il passait une main autour d'elle et trouvait son sexe.

— Je regarde ton désir pour moi…, murmura-t-il contre son oreille. Je suis si impatient de t'avoir que j'en tremble. Je ne veux plus jamais t'entendre dire que tu n'es pas belle, Hannah. C'est un ordre.

Elle aurait peut-être trouvé une riposte intelligente. Peut-être. S'il n'avait pas choisi cet instant précis pour plonger en elle, lentement. Elle vacilla en arrière, et il la retint. Elle était précieuse et prisonnière dans ses bras pendant qu'il entourait, taquinait et frottait son clitoris, patiemment. L'extase fusa en elle, fiévreuse, et s'accrut jusqu'à ce qu'une lumière blanche danse derrière ses paupières closes.

— Akin, s'il te plaît, supplia-t-elle, abandonnée contre lui.

— Pauvre petite captive. Allons t'attacher au lit.

À son grand dam, sa main cessa de la tourmenter. Il l'aida à reprendre son équilibre. Elle aurait pu fondre en larmes, d'avoir frôlé de si près la jouissance et de l'avoir perdue.

Elle se laissa guider jusqu'au lit. Sur sa peau, les draps étaient frais. Elle le laissa lever ses mains au-dessus de sa tête. Sous ses doigts, elle sentit la tête de lit sculptée dans le bois et matelassée de cuir ; elle l'agrippa éperdument en sentant la barbe d'Akin sur son menton d'abord, puis sa gorge, entre ses seins, le long de son ventre… Oh… elle savait où il voulait en venir. Elle serra les cuisses.

— Tu n'es pas obligé de faire ça, Akin.

— Je sais. C'est moi qui contrôle tout ce qui se déroule dans cette chambre aujourd'hui. Je fais exactement ce que j'ai envie de faire, *ya amar.* Dois-je attacher tes chevilles ?

Il écarta tranquillement ses cuisses ; elle ne résistait pas. Elle tremblait de tout son corps.

Il avait raison : elle préférait prétendre que ses jambes aussi étaient attachées. Ainsi, elle n'avait d'autre choix que de se livrer. C'était à la fois un intense aphrodisiaque et un profond soulagement. Soudain, elle avait le droit d'accepter ses caresses et de s'y abandonner, sans avoir peur d'être ridicule ou égoïste. Sans avoir peur de ne pas mériter le plaisir qu'il voulait lui offrir.

— Le pouvoir t'es monté à la tête, ravisseur.

— Ravisseur ? fit-il doucement. Tu as raison, je vais te *ravir.* Et je ne serai satisfait que par ta capitulation totale.

Il était calé entre ses cuisses, mais il la regardait toujours, elle le savait. Il l'écarta doucement et laissa son souffle chaud frôler sa chair frémissante. son excitation était si puissante qu'elle retint un cri d'impatience.

— Tu es magnifique, Hannah. Crois-moi. Ressens-le.

Puis il engagea enfin son assaut. Il posa sur elle sa bouche brûlante, avança sur le territoire de son intimité avec assurance et brisa chaque ligne de défense avec la dextérité de ses lèvres, de sa langue, puis de ses doigts.

Elle s'arqua d'ivresse. Elle aurait pu oublier ses fausses attaches et tendre les mains vers lui. Elle aurait pu retirer son bandeau et lui rendre chaque caresse, mais elle se retint. Il la voulait, sans équivoque, sans contrepartie. Alors elle lui donnait sa personne, sa volupté.

Les peurs qui l'avaient retenue dans le passé étaient peut-être fondées, mais aujourd'hui, avec lui, il n'y avait aucune chaîne pour l'entraver, sauf celles qu'elle avait le droit d'imaginer pour son plaisir.

Son apparence n'avait aucune importance, tant qu'Akin savait qu'elle se sentait vraiment belle avec lui. Elle s'abandonna à l'exaltation déchirante qu'il lui offrait, ouverte à lui, sans retenir ses gémissements, ses suppliques. Elle psalmodia son nom encore et encore. Et quand l'orgasme l'engloutit, elle se tendit sous ses mains, offerte, exhibée, désinhibée, et il lui sembla qu'elle volait en éclats d'extase sous ses caresses impérieuses.

Pendant qu'elle haletait et que sa chair chantait et que son sang bouillait, les mains d'Akin voyagèrent de ses cuisses à ses seins. Sa bouche les suivit avec des baisers fiévreux et des morsures tendres. Il suça férocement une marque dans le creux de son cou. Puis il se cala entre ses cuisses et remonta le foulard sur son front. Il était là, son ravisseur, les yeux étincelants, les pommettes aiguës comme une lame, son poids et sa force et sa puissance sur elle, comme la plus exquise des cages.

— Tu es à moi, murmura-t-il d'une voix rauque, pleine de dévotion, pendant qu'il s'enfonçait inexorablement en elle.

Elle n'avait aucune intention de le contester. Les mots lui manquaient. La sensation de leur union était trop intense. Elle abandonna enfin ses liens invisibles et referma les mains et les bras autour de lui ; elle était à lui, et il était à elle. Il l'embrassa de toute son âme et sombra en elle jusqu'à la garde, si rigide, si ardent ; si profond qu'il faisait sans aucun doute partie d'elle, à cet instant.

Il amorça un coup de reins sans la lâcher des yeux, attentif à sa réaction, à son plaisir. Elle soutint son regard. Le moment était d'une intimité insoutenable, mais ils s'y consumaient ensemble, et il n'y avait aucune peur entre eux.

Elle l'attira à elle pour l'embrasser, une main enfouie dans ses cheveux sombres. En l'étreignant très fort, il bascula souplement pour qu'elle prenne le dessus. Elle lui sourit et saisit ses mains pour les presser sur le matelas, de part et d'autre de son beau visage. Il arqua un sourcil, mais il laissa docilement ses bras à leur place lorsqu'elle se redressa pour le dominer de toute sa taille en caressant son torse.

— Diablesse.

— Tu as libéré le succube en moi et tu ne peux n'en vouloir qu'à toi-même, Ton Altesse.

— Soit. Utilise-moi, alors, rétorqua-t-il en soulevant légèrement le bassin pour l'encourager à le chevaucher. Montre-moi combien tu me désires.

Les paumes posées sur sa poitrine, elle trouva son équilibre pendant qu'ils bougeaient à l'unisson. La cadence, la fièvre et leurs corps étaient bruts et sauvages. Plus sulfureux qu'elle n'aurait jamais pu l'imaginer. Le bruit de leurs chairs rythmait son souffle court. Quand ses cuisses fatiguèrent, il referma ses mains sur ses hanches pour continuer de la guider. Leur tension se ramassait sur elle-même comme un ressort, une digue prête à céder. Elle mordit ses lèvres. Akin serrait les dents, le cou crispé, le visage féroce. Quand la jouissance commença à rouler sur elle, elle ferma presque les paupières, mais non – elle voulait le voir – et elle resta piégée au creux de ses prunelles sombres, tandis que ses muscles se tendaient, tandis que l'orgasme les anéantissait tous les deux et que leurs voix se joignaient en un cri unique.

Akin se réveilla, alerté par des bruits humides et avides. Il ouvrit paresseusement les paupières et trouva sa femme assise contre les coussins, vêtue d'un de ses peignoirs, en train d'allaiter Qaswar. Le bébé avalait goulûment et, entre les succions, émettait des ronronnements de satisfaction digne d'un grand gourmand en plein festin.

— Il est toujours comme cela ?

— Oh ! Pardon. Je croyais qu'on ne te réveillerait pas, mais... On dirait toujours qu'il n'a pas mangé depuis des siècles, dit-elle en caressant la petite tête soyeuse.

— Cela ne me dérange pas.

Il tendit la main vers le pied du bébé. Il n'était même pas aussi long que son pouce, et ses minuscules orteils s'arrondirent quand il en caressa la voûte. Il avait soudain l'envie parfaitement ridicule d'y presser la joue pour lui faire sentir la texture de sa barbe.

Il le délivra et retomba sur le dos, un bras calé sous la tête. Il avait encore si bien dormi. Il se sentait… chez lui. Détendu. Il aurait pu s'habituer à une vie pareille. L'idée lui arracha un sourire avant qu'un frisson ne le traverse. Il savait, pourtant, que rien n'était permanent dans la vie. Même les personnes les plus sincères finissaient toujours par mentir ou disparaître.

Quand il leva les yeux, Hannah l'observait, les sourcils légèrement froncés.

— Problème ? demanda-t-il.

— Tu m'as dit tout à l'heure que toi et Eijaz jouiez ensemble dans les passages secrets. Comme si vous étiez amis. Je sais que tu ne veux pas parler de ton enfance mais je me demandais… Si tu pensais que nous pourrions donner des frères et sœurs à Qaswar, un jour ?

— Ah. Une embuscade, dans mon propre lit, quand je suis trop faible pour m'enfuir, hmm ?

Il fixa son regard au plafond. Il ne voulait pour rien au monde ouvrir les portes qu'il avait si soigneusement verrouillées dans son âme. Marcher dans les débris du passé. Mais il ne pouvait pas refuser de lui répondre. Pas à Hannah.

— Tu as raison. Eijaz et moi étions amis. Nous étions aussi très différents. Il était le futur roi. Gâté. Pourri gâté. Mais charmant et affectueux. J'étais son confident, la seule personne qui pouvait comprendre la pression qui pesait sur ses épaules. Les attentes auxquelles il avait peur de ne pas pouvoir répondre. Sur ce sujet-là, peut-être que mes parents m'ont fait une faveur. Ils m'ont fait travailler d'arrache-pied pour chaque miette d'approbation. Ils m'ont préparé à l'effort et à l'opposition que j'affronte aujourd'hui.

— Je croyais qu'il n'y avait que ta mère qui…

Elle se tut, incapable de trouver une description adéquate.

— Ma mère a eu une fille après moi. Morte à la naissance. Elle avait déjà deux garçons. Si elle avait pu choisir qui devait survivre, sa fille aurait pris le pas sur son fils cadet.

Hannah resserra son étreinte sur Qaswar.

— C'est terrible, Akin. Je suis désolée qu'elle ait perdu deux enfants, mais ce n'est pas comme ça que ça marche. C'est horriblement injuste.

Elle secoua la tête.

— Et je suis navrée que tu aies perdu ton frère. Il devait être ton confident aussi, alors ? Est-ce qu'il prenait ta défense contre eux ?

— D'une certaine façon... C'est lui qui a dit à mon père que j'avais l'intention de m'enfuir pour me marier.

— Quoi ? !

— Il pensait m'aider.

— Tu crois à cette excuse ? rétorqua-t-elle, farouche.

— Oui. J'y crois vraiment, maintenant.

À l'époque, il avait été furieux, lui aussi, mais c'était tout à fait typique d'Eijaz. Agir avec les meilleures intentions du monde, mais sans jamais réfléchir aux conséquences.

Il la contempla pendant qu'elle soulevait le bébé dans ses bras et frottait son dos. Le jour de leur première rencontre, il s'était dit qu'Eijaz aurait bien ri de sa situation. Il s'était trompé, bien sûr. Ce qu'il ressentait pour Hannah était si profond, bien plus complexe que son amourette de sa jeunesse. Il n'avait jamais connu une émotion si... infinie. Son frère avait-il voulu réparer la blessure qu'il lui avait infligée des années plus tôt ?

— Tu veux d'autres enfants, alors ? demanda-t-il.

— Pas aujourd'hui, dit-elle avec un sourire amusé. Mais oui, un jour. Quand je suis tombée enceinte, je pensais que je pourrais me contenter d'un seul, mais maintenant... Je veux voir Qaswar jouer avec un petit frère ou une petite sœur dans les passages secrets. Je veux une famille.

Elle déposa le bébé entre eux et s'allongea à son tour.

— Je veux ça. Faire l'amour avec toi et écouter tes secrets et jouer avec nos enfants.

Elle posa sa main sur le pied de Qaswar pour qu'il pousse joyeusement contre sa paume.

— Les enfants ne restent pas des enfants pour toujours, murmura Akin. Les moments de bonheur ne sont que cela. Des moments. Et la vie finit par changer.

L'expérience lui avait martelé cette dure réalité si souvent qu'il n'en voyait pas l'issue.

— Parfois la vie change pour le meilleur. Certaines rencontres la font basculer, et l'éclairent. Tu ne crois pas ?

Elle soutenait son regard, sans dissimuler l'émotion qui éclairait ses prunelles. Elle ne comprenait pas le risque d'ouvrir son cœur ainsi. La vulnérabilité menait inévitablement à la souffrance…

Bien sûr qu'une part de lui se languissait d'être son partenaire, son égal, sa famille, son avenir, son amour. Mais il n'était pas dupe. Il avait été trop souvent déçu, et il avait trop perdu pour se bercer d'illusions.

Il baissa les yeux sur Qaswar. Le bébé pédala dans l'air, et son regard vogua sans but avant d'accrocher le sien. Sa petite bouche s'étira sur un sourire douloureusement similaire à celui de son frère. Quelque chose vibra dans l'âme d'Akin. Hannah et Qaswar démantelaient chaque jour les barreaux qui protégeaient son cœur et menaçaient de le rendre plus faible encore qu'il ne l'était.

— Je n'ai jamais protégé que le bonheur des autres. Je ne sais pas comment imaginer ce genre de choses pour moi-même, et encore moins en faire une réalité. Peut-être…

Il s'interrompit, embarrassé.

— Oui ? l'encouragea-t-elle.

— Je ne sais pas. Je me dis que tout sera différent après la cérémonie. Quand mon père m'aura reconnu comme… Pas son héritier, évidemment, mais au moins son successeur. Quelque chose de plus que…

Un espoir douloureux voguait dans les ombres de son esprit.

— Plus qu'un deuxième fils. Ce statut a entaché toute ma vie, Hannah. Je ne veux jamais l'infliger à mon enfant.

— Non, bien sûr, dit-elle en tendant la main pour caresser sa joue. Moi non plus, Akin. Jamais.

Il aurait aimé la croire, mais une part de lui refusait d'accepter qu'il méritait la vie dont elle rêvait pour eux. Cette bulle de contentement. S'il se laissait espérer, l'inévitable déception le détruirait pour de bon.

— Mon existence ne peut pas être réparée par une liste de joies, souffla-t-il.

Malgré ses efforts, son ton n'adoucit pas ses propos. Elle accusa le coup et tenta de lui retirer sa main ; il la retint de justesse et embrassa le creux de sa paume.

— J'admire énormément que tu te donnes les moyens d'obtenir ce dont tu rêves. Je veux te donner tout ce que tu désires. Mais je ne peux pas te répondre tout de suite. Pouvons-nous parler d'avoir d'autres enfants plus tard ?

Elle déglutit, mais hocha la tête.

— Bien sûr.

11.

« Je veux ton cœur. » Voilà ce qu'Hannah aurait voulu lui dire.

Ironiquement, c'était une des choses qu'elle avait consciemment refusé de mettre sur sa liste de joies. Tomber amoureuse. Et des mois plus tard, elle avait accompli tout ce qu'elle s'était juré d'accomplir, mais le bonheur continuait de lui échapper. Parce qu'Akin restait hors de portée.

Elle comprenait. Ses parents lui avaient appris qu'il n'avait pas le droit d'être heureux. Et elle savait combien il était difficile de trouver sa propre définition du bonheur et de s'en emparer, malgré la peur et l'inconfort.

Il devait le faire tout seul. Elle ne pouvait pas le faire changer d'avis. Elle ne pouvait que lui donner le temps dont il avait besoin. Et en attendant, il la couvrait d'affection. Ils faisaient l'amour dès qu'ils trouvaient un moment. Chaque instant partagé était nimbé de magie. Il voulait aussi partager son lit. Un soir, en l'attirant dans ses bras, il murmura :

— Tu sais que nous aurons la même chambre après le couronnement ?

Elle s'endormait déjà, mais elle se sentit sourire. Elle serait ravie de dormir avec lui pour la vie.

Les derniers plans pour la cérémonie prenaient forme. Akin avait approuvé tous ses arrangements et avait même complimenté son souci du détail – comme si elle n'avait pas passé des années à organiser des déjeuners avec la faculté, en tenant compte de tous les régimes et les allergies du personnel. C'était ça, le vrai défi.

Elle était en pleine réunion pour récapituler les touches finales de la célébration quand son assistante lui murmura qu'elle avait un appel urgent de son mari.

— Mon père est mort, annonça Akin d'une voix brusque. Je viens d'en informer ma mère. J'ai d'autres appels à passer. Peux-tu la rejoindre avec le bébé ? Elle le demande.

— Bien sûr. Akin, je suis désolée…

Il avait déjà raccroché.

Une prémonition glacée s'infiltra dans son cœur. Le lendemain de leur première nuit, il lui avait confié qu'il espérait voir son père le reconnaître – comme son fils, au même titre qu'Eijaz. Mais il ne le ferait jamais, maintenant.

Les jours suivants s'avérèrent difficiles, comme l'est toujours le deuil. Elle ne vit Akin que dans les rares moments où, à ses côtés, elle accueillait les visiteurs venus présenter leurs respects. Une procession sans fin de visages solennels et de voix basses. Entre-temps, elle occupait sa mère, qui vivait très mal ce nouveau chagrin. Elle se chargea aussi d'annuler le couronnement. À la place, le lendemain des funérailles royales, les représentants du Parlement leur rendirent visite. Si Akin avait dormi, ce n'était pas avec elle.

— Nous avons unanimement voté pour asseoir votre autorité en tant que régent de Baaqi en attendant que le prince héritier soit en âge de monter sur le trône.

La formalité ne dura pas plus de dix minutes. Ils les quittèrent et, pour la première fois depuis des jours, elle se trouva seule avec son mari. Il avait l'air si exténué, avec ses joues creuses et ses yeux cernés, qu'elle tendit la main pour caresser sa joue. Il resta froid et immobile sous sa paume.

— C'est tout ce qu'ils requièrent ? Je croyais que le couronnement devait prouver… quelque chose.

— Le couronnement aurait prouvé que mon père voulait que *je* sois nominé à ce rôle. Qu'il me reconnaissait comme un homme compétent et digne de confiance. Une indulgence à ma vanité, c'est tout, dit-il avec un petit rire amer.

Son désespoir lui brisa le cœur.

— Hé, ne dis pas ça. Ce n'est pas de la vanité. Tu es humain, c'est tout. Tu méritais qu'il reconnaisse tes efforts.

— Pitié. Attendre l'approbation d'un père à l'âge adulte ? C'est faible et immature. Je n'ai pas besoin de son amour.

— C'est faux ! Tout le monde veut être aimé.

L'anxiété grimpait en elle, griffe à griffe, plaie à plaie, et elle savait, oh, elle savait qu'il souffrait trop pour l'entendre à travers sa peine, mais elle continua :

— Je suis désolée, Akin. Je sais que ce n'est pas la même chose, mais… Moi, je t'aime.

L'aveu lui faisait mal, mal comme si elle lui avait tendu son cœur à pleines mains. Et il ne fit qu'inspirer, douloureusement. Il ne bougeait pas, mais il se retirait en lui-même, elle le voyait. Elle aurait aimé le supplier d'arrêter…

— Hannah, je ne peux pas… Je te l'ai dit, j'aimerais te donner tout ce que tu désires, mais la vie que tu veux ? Je n'ai pas le pouvoir de te l'offrir.

Son regard et sa voix étaient sombres, éteints.

— Je ne suis pas *capable* de te l'offrir.

Comment le savait-il ? Il n'avait pas essayé !

Bien sûr, elle savait qu'elle avait une chance inouïe. Un fils qu'elle aimait infiniment, tous ces privilèges, les souvenirs qu'elle avait déjà avec Akin. Mais elle était avide. Elle en voulait plus. Elle avait entraperçu ce qu'il y avait entre eux, quelque chose de *vrai*, et elle ne pouvait pas le laisser partir, pas quand elle l'aimait de tout son être.

Mais il avait déjà tourné les talons.

— Qu'est-ce qu'il nous reste, alors ? s'enquit-elle.

— Je ne sais pas, dit-il d'une voix lointaine. Fais ce que tu veux. Trouve quelqu'un d'autre.

12.

Les mots d'Akin tombèrent sur elle comme un couperet. Elle accusa le coup en silence.

Il souffrait trop pour être rationnel. Elle le laissa partir.

Mais il ne se contenta pas de la laisser dans ses appartements. Il quitta le palais. Il fallut deux jours à Hannah pour s'en assurer, puis pour mettre la main sur son premier assistant et lui soutirer plus d'informations.

— Il est parti dans le désert. Je ne savais pas qu'il ne vous avait pas prévenue, Votre Altesse, ou je l'aurais fait moi-même, dit-il en manière d'excuse.

— Qu'est-ce que vous voulez dire par « dans le désert » ? Où ça, exactement ? Pour combien de temps ? Pourquoi ?

Comment pouvait-elle le joindre là-bas ? Était-elle censée rester sans rien faire, ici, et ne rien essayer ? Laisser le gouffre s'accroître ? La désolation béait en elle comme un terrible deuil.

— Je n'ai malheureusement pas de réponse, répondit l'assistant d'un air navré. Je vais me renseigner.

Hannah le remercia et le quitta, brisée, et plus que cela – furieuse. Tellement furieuse. Akin ne lui avait pas promis de l'aimer, d'accord, mais il lui avait promis de la respecter.

Une petite partie d'elle-même, triste et fragile, aurait voulu fuir le chagrin et se recroqueviller, mais elle préférait écouter l'énergie de sa colère. Elle méritait mieux que cela. Ils méritaient mieux que cela. C'était Akin qui l'avait aidée à le comprendre, après tout. Elle envoya un message à Galila, qui connaissait intimement les familles nomades du désert.

Galila l'aida à localiser les étapes de son expédition et à faire préparer un hélicoptère.

Hannah arriva à l'oasis avant lui.

Le large bassin était un joyau bleu intense au cœur d'un océan de sable. Une petite tribu était en résidence. Ils accueillirent Hannah avec méfiance, circonspects de la voir arriver avec sa garde rapprochée et une horde de nourrices et de domestiques. Mais l'atmosphère tourna à la célébration une fois qu'elle leur eut présenté Qaswar.

Son esprit restait fixé sur Akin. Comment réagirait-il en la voyant ici ? Il serait furieux, elle en était certaine. Et sa propre colère tournait à l'incertitude. Elle voulait croire qu'il avait des sentiments pour elle, que le lien qui les unissait était précieux. S'était-elle menti ? Était-elle simplement venue jusqu'ici pour être rejetée encore une fois ?

Elle attendit sur place deux jours entiers. L'angoisse montait, mais elle était heureuse d'être hors du palais. Les nomades acceptèrent généreusement de lui donner quelques leçons sur la faune, la flore et leur culture, et l'aidèrent à améliorer son arabe. Elle était en train d'apprendre une berceuse traditionnelle quand un énorme vacarme et un nuage de poussière s'élevèrent au bord de la cuvette qui entourait l'oasis. Une demi-douzaine de chameaux dévalaient la pente en blatérant à pleins poumons.

Hannah reconnut la haute silhouette de son mari immédiatement. Maître de sa monture, il exsudait une force tangible, élémentale. Elle confia Qaswar à sa nourrice et le rejoignit alors qu'il mettait pied à terre.

Il était couvert de poussière et de sable.

— Que se passe-t-il ? s'enquit-il. Le bébé va bien ?

— On ne peut mieux. Câliné par des bras adorateurs à toute heure du jour et de la nuit. Il est aux anges.

— Alors que fais-tu ici ? Mon cœur s'est arrêté quand les marchands m'ont dit que tu m'attendais depuis deux jours.

— C'est plutôt à toi que je devrais poser cette question, rétorqua-t-elle. Tu comptais me prévenir de ton départ ?

Un éclat orageux passa dans ses yeux sombres, nuancé cependant par une émotion qu'elle n'était pas sûre de savoir interpréter ; elle campa sur ses positions et poursuivit :

— Tu croyais que j'allais t'attendre gentiment au palais ? Et vivre une vie inutile et insipide parce que tu l'as décidé ?

Son expression restait imperturbable. Comme à l'intérieur d'un sablier, elle avait l'impression que la dune glissait sous ses pieds. *Courage.*

— Je t'aime, Akin. Je sais que tu souffrais beaucoup quand je te l'ai avoué. Alors reprenons, d'accord ? Et cette fois, réfléchis bien avant de répondre, parce que je n'accepterai pas d'être envoyée sur les roses avec si peu de respect une deuxième fois.

Elle avait gardé le menton levé, mais sous sa bravade son âme tremblait terriblement. Leurs confrontations lui demandaient toujours une bonne dose d'intrépidité, mais cette fois, elle y investissait tout son être, son futur et son cœur. S'il la repoussait, elle n'en sortirait pas indemne. Leur relation ne s'en remettrait pas.

Il était toujours silencieux. Planté face à elle, couvert de poussière, les dents serrées à faire tiquer sa mâchoire, les yeux sombres et fixes comme des obsidiennes.

Soudain, elle se sentait comme une proie. Inexplicablement, son cœur se mit à battre la chamade. Elle déglutit, aux prises avec une peur soudaine, et amorça un mouvement de recul. Mais avant qu'elle ne puisse s'enfuir, il fondit sur elle, l'attrapa dans ses bras et la jeta sur son épaule. Il aboya quelque chose en arabe, et elle perçut une réponse, mais elle ne voyait pas qui parlait et ne comprit pas leurs mots.

— Qu'est-ce que tu fais ? s'écria-t-elle en gigotant sous l'étau inflexible de son bras.

— Tu dis que tu m'aimes, mais tu n'as vu que mon côté le plus civilisé, Hannah. Quand je me tais et que j'essaie de gouverner un pays et de mériter le respect de mes parents et de ne pas effrayer ma bibliothécaire favorite.

— Je n'ai pas peur. Et tu ne connais pas d'autres bibliothécaires.

La cadence de ses pas ralentit quand il entra dans l'eau.

— Qu'est-ce que tu fais ? Akin ?

— Je suis sale.

Souplement, il la fit basculer dans le berceau de ses bras.

— Et je suis furieux, ajouta-t-il en accrochant son regard. Je me serais contenté d'entendre mon père me dire que j'avais fait mon devoir auprès de mon neveu. Entendre ma mère t'accepter comme ma femme plutôt que la nourrice. Je ne pouvais pas supporter de t'avoir montré combien toutes ces choses m'affectaient. De t'avoir laissée voir mes stupides faiblesses. Ce jour-là, j'ai compris que j'importais toujours aussi à ceux qui m'avaient blessé si profondément. J'étais en colère et j'avais du chagrin, et surtout…

Il plissa les lèvres.

— J'avais peur de ne pas réussir à construire la vie que tu veux. Je ne sais pas comment rendre quelqu'un heureux, Hannah. Je n'ai *jamais* été heureux.

Même pas avec elle ? Rien qu'un peu ? Son cœur se serra.

— Mais tu mérites d'être heureuse. Alors pourquoi ne pas te proposer d'aller chercher le bonheur ailleurs ? Et ensuite, j'ai fait ce que j'ai toujours fait. Je suis allé dans le désert, où la vie est réduite à l'essentiel. Où les choses dont j'ai besoin sont purement physiques. Ces besoins-là, je peux les assouvir seul. Mais tu as ruiné mon évasion, Hannah. Depuis que je suis ici, je ne pense qu'à ce que je t'ai dit, et à ma stupidité. Et tu me manques. Tu me manques horriblement. Donc je suis furieux contre toi aussi.

Et sur ces belles paroles, il la balança dans l'eau.

Elle eut tout juste le temps de piailler avant de crever la surface et de sombrer dans la fraîcheur du bassin silencieux. Elle reprit pied, son abaya emmêlée autour d'elle, et se redressa. L'eau lui arrivait à la poitrine. Akin était debout, un peu plus loin, immergé jusqu'à la taille, et jetait ses vêtements sur la rive.

Derrière lui, leurs compagnons avaient déjà pris la poudre d'escampette. De toute évidence, Akin avait ordonné leur retraite. Les rabats des tentes avaient été abaissés, et les voix s'éloignaient derrière les silhouettes mouvantes des cordes à linge. On avait tiré les chameaux jusqu'aux enclos, de l'autre côté de la dune.

— Qu'est-ce que tu croyais, que j'allais partir à la chasse à l'homme parce que tu m'avais donné ta bénédiction ? s'écria-t-elle. Et mon fils, tu y as pensé ? Qaswar est ta chance d'être un meilleur père que…

— Je suis déjà un meilleur père que le mien, siffla-t-il. Et je veux d'autres enfants, pour ton information. Pas sous prétexte d'avoir mon propre fils. Qaswar est *déjà* mon fils de toutes les manières qui comptent vraiment. Mais je veux réaliser ton rêve fantaisiste, Hannah. Le rêve où nous faisons l'amour, jouons avec nos enfants, et où la vie change pour le meilleur, où que sais-je encore…

— Ce n'est pas *fantaisiste*, rétorqua-t-elle, blessée par son cynisme.

Le visage d'Akin s'adoucit.

— Je sais. Ma retraite dans le désert ne m'a pas apporté l'apaisement dont j'avais besoin, Hannah. Il n'y avait rien d'autre que le deuil et le sentiment terrible d'avoir tout perdu en te quittant, comme une plaie ouverte. J'ai cru que j'avais tout gâché entre nous. Et j'avais bien mérité cette souffrance.

— Alors pourquoi tu n'es pas revenu ?

— Je n'ai pas vraiment eu le temps, n'est-ce pas ? argua-t-il, un peu railleur, mais attendri. Tu es déjà là. Tu me prouves que les bonnes choses reviennent, même quand je suis trop idiot pour savoir les accepter du premier coup. Je suis heureux de te voir. Je suis si *heureux* de te voir. Je n'aurais pas dû partir sans te le dire. Je n'aurais pas dû te tenir à distance alors qu'être avec toi me donne toujours l'impression qu'on allume en moi une lumière. Que je pose un fardeau.

Il sourit, très légèrement, et avança vers elle.

— Je suis désolé, Hannah. Je ne comprends pas pourquoi tu me supportes, mais je t'en remercie, et je ne prendrai plus le risque de te perdre.

Elle croisa les bras et haussa les épaules.

— Tu es sur ma liste. Même quand tu es crasseux et grognon et que tu me jettes dans des oasis, tu me rends heureuse, alors… J'étais bien obligée de te courir après.

Un éclair de douloureuse tendresse passa sur ses traits. Il secoua la tête, comme toujours quand elle le laissait perplexe. Il baissa les yeux et s'aspergea le visage.

— J'ai réfléchi à écrire ma propre liste, tu sais. Mais il n'y a que toi dessus. De quoi d'autre aurais-je besoin ?

— Akin…

Elle déglutit difficilement. Elle n'allait tout de même pas pleurer maintenant, pas vrai ?

— Tu ne trouves pas que tu es un peu trop couverte pour une baignade, *ya amar* ? Ou est-ce que je t'ai mise trop en colère pour suggérer ce genre de choses ?

Mais la fureur et la peine s'étaient désagrégées sous l'émotion. La sienne, et celle d'Akin. Il ne déguisait plus rien. Son regard était si intense qu'elle dut détourner les yeux, soudain timide. Comment pouvait-elle être le sujet de tant d'admiration, de respect et de passion ?

Quelque chose, au creux d'elle, devenait trop grand pour que son corps le contienne.

— Mon haut est blanc, murmura-t-elle, mais elle détacha quand même l'abaya et la laissa partir à la dérive.

Surpris par son audace soudaine, il arqua un sourcil. Elle rit. L'humour l'aiderait peut-être à ravaler ses larmes.

— Quoi ? Tu me dois toujours un concours de T-shirt mouillé.

— C'est vrai. Laisse-moi juger.

Il l'attira à lui avec un demi-sourire et, dans la légèreté de l'eau (et peut-être aussi de son euphorie), elle passa sans effort ses jambes autour de sa taille.

— Ce n'est pas idéal, admit-elle.

Elle portait son soutien-gorge d'allaitement, clairement visible à travers le tissu blanc.

— Ce n'est que la première épreuve. Mais avec ce potentiel, je suis sûr que tu iras en finale.

— Je serai plus zélée pour les qualifications.

— Nous devrions lancer un circuit professionnel. Des tournois hebdomadaires.

— Si tu en fais le sport national de Baaqi, je pense pouvoir te promouvoir à la position convoitée de juge unique, roucoula-t-elle.

— On ne t'a pas dit ? J'ai déjà occis tous les autres juges. Et je te donne onze sur dix. Sans le soutien-gorge, tu pourrais tripler ton score.

Elle rit et prit son visage entre ses mains.

— Hé. Regarde-moi dans les yeux, Ton Altesse.

— C'est toi qui as commencé.

Mais il emprisonna son regard dans le sien, sans camoufler le désir qui brûlait derrière son amour.

— Tu sais, je crois que je suis tombée amoureuse de toi la première fois que tu as plaisanté avec moi.

— Je n'ai jamais plaisanté de ma vie, décréta-t-il. Je suis toujours absolument sérieux.

— Alors soyons sérieux. Est-ce que tu m'aimes, Akin ?

La question lui avait demandé du courage, mais pas autant qu'elle l'avait craint. Le bonheur était juste là. Elle n'avait qu'à tendre la main.

— Je t'aime tellement que j'ai du mal à respirer. Je suis terrifié que quelque chose t'arrive, Hannah. Je ne pourrais plus vivre sans toi. Et je suis si heureux de t'avoir à mes côtés, dans mes bras, dans mon esprit et dans mon cœur.

Elle trembla dans le creux de son étreinte. Les yeux brûlants, la gorge nouée, elle ne put émettre qu'un murmure :

— Pour ton information, c'est une bien meilleure réaction que la dernière fois.

— Et pour ton information, il n'y aura pas de concours, car tu n'es pas en compétition. Tu es la femme la plus belle et la plus parfaite du monde. Et comme tu es très, très belle, je vais te faire l'amour sous ta tente, à l'abri de tous les autres regards que le mien, décréta-t-il en repartant vers la rive.

— Si égoïste…, lâcha-t-elle dans un soupir.

Quelques minutes plus tard, quand leurs corps nus et humides s'unirent sous la tente, dans le lit couvert de coussins et d'étoffes, il s'accorda un moment pour contempler son corps. Sa main, pleine de dévotion, courut de son épaule à la courbe de ses reins, sur sa taille et ses hanches, ses fesses et ses cuisses.

— Je ne plaisantais pas, tu sais. Tu es vraiment la plus belle et la plus parfaite des femmes, murmura-t-il. Crois-moi.

Et elle le crut.

Épilogue

— Expliquez-moi encore une fois.

Qaswar n'avait que sept ans, mais il était déjà passé maître dans l'art de couper court aux palabres.

Akin l'aimait d'un amour si fort que son cœur peinait à le contenir. Physiquement, son fils ressemblait beaucoup à Eijaz. Il avait aussi hérité de son caractère extraverti et de son idéalisme. Mais sa curiosité si pénétrante et sa compassion innée lui venaient d'Hannah.

Et aujourd'hui, la curiosité prenait le pas sur la compassion.

Akin jeta une œillade à sa femme. Elle se mordait la lèvre et ferma le livre, qui semblait avoir soulevé plus de questions qu'il n'en avait résolu.

— Que désires-tu éclaircir ? s'enquit Akin. Tu savais déjà que j'étais techniquement ton oncle, et tu sais comment on fait les bébés depuis que ta petite sœur est née.

Cette conversation datait de l'année précédente, et Qaswar ne s'était pas montré très intéressé à l'époque.

— D'accord, mais…

Le menton de Qaswar se creusa de la même fossette que celle de sa mère. Il plissa les lèvres, perplexe.

— Vous faites ça, vous ?

— Oh ! oui.

Il prit la main d'Hannah sans réussir à réprimer son sourire. Leurs « câlins d'amoureux » étaient une haute priorité, malgré leurs emplois du temps chargés.

— Mais je ne le faisais pas avec ton père biologique, ajouta

Hannah. C'est pour ça que je t'ai donné le livre. Je veux t'expliquer cette idée-là.

Qaswar n'avait pas été franchement ravi d'écoper d'une lecture obligatoire pendant le week-end. Surtout un livre plein de spermatozoïdes souriants et d'ovules à faux-cils.

— Nous pensons que tu es assez grand pour comprendre et nous préférons en parler avec toi. Tu pourras nous poser des questions quand tu le souhaites. Et nous ferons de même avec ton frère et ta sœur lorsqu'ils seront plus grands.

Akin n'aurait jamais cru qu'il était possible d'aimer ainsi. Si profondément. Il aurait pu avoir dix autres enfants si Hannah l'avait désiré aussi, tant il adorait les trois premiers.

— D'accord mais comment les docteurs se sont trompés ? insista Qaswar. C'est pas comme quand un des domestiques range ta paire de chaussettes dans le tiroir de ton frère, si ? J'ai l'impression que c'est important. Tu crois pas qu'ils auraient dû être plus organisés ?

— Tout à fait, et je n'excuse jamais l'incompétence, assura Akin, mais dans ce cas précis, je ne regrette pas leur erreur. C'est la meilleure chose qui me soit arrivée.

Qaswar fit la moue, puis haussa les épaules.

— OK… Bon, c'est bon maintenant ? Tu peux venir jouer à cache-cache avec nous ?

— Tout à fait. Va chercher Kamal.

Il adorait jouer avec eux dans les passages secrets, où ils couraient dans tous les sens et se sautaient dessus par surprise en s'arrachant des hurlements à glacer le sang. Il devait prévenir son équipe de sécurité avant chaque expédition pour éviter que les gardes, prêts à en découdre, n'interrompent leurs courses-poursuites.

Il s'apprêtait à se lever, mais Hannah avait posé son front sur son épaule. Elle riait derrière sa paume.

— Quoi ?

— Je suis un tiroir à chaussettes ! s'exclama-t-elle.

La métaphore de Qaswar lui revint, et il éclata de rire à son tour. Les garçons firent irruption dans la pièce quelques secondes plus tard. Kamal inclina la tête de côté, avec une adorable réplique du sourire le plus étincelant d'Hannah.

— C'est quoi, la blague ?

Akin cachait son rire derrière sa main et serra Hannah contre lui. Elle s'essuya les yeux.

— Rien. On est juste heureux. Très heureux, répondit-elle.

Retrouvez prochainement,
dans votre collection

AZUR

Les noces d'un cheikh, de Heidi Rice - N°4389
Comment sauver le haras familial de la ruine ? Pour Orla, la situation est si désespérée qu'elle accepte l'incroyable proposition de mariage du cheikh Karim. Après tout, cet homme qu'elle vient de rencontrer ne souhaite rien d'autre qu'une union de convenance, qui lui permettra d'hériter le royaume du Zafar et de contrer ainsi les sombres desseins de son père. En aucun cas il ne sera question de sentiments entre eux ! Raison pour laquelle Orla doit à tout prix ignorer le désir qu'elle ressent pour le prince, à son corps défendant…

Un Noël au haras, de Susan Stephens - N°4390
Dante Acosta est de retour ! Jess retient son souffle, tandis que l'hélicoptère de l'illustre joueur de polo survole la ferme familiale. Autrefois, tous deux ont échangé un baiser brûlant, avant que leurs chemins se séparent. Or, si Jess n'a jamais oublié ce doux moment, elle sait qu'elle doit se méfier de Dante. S'il est là aujourd'hui, en cette veille de Noël, ce n'est pas pour donner une suite à leur histoire inachevée, hélas, mais bien plutôt pour racheter les terres et les chevaux qui sont toute sa vie…

Promesse sur un yacht, d'Amanda Cinelli - N°4391
Quand elle était adolescente, Daniela Avelar rêvait en secret de Valerio Marchesi, le meilleur ami de son frère. Or aujourd'hui elle est furieuse contre lui. Comment a-t-il pu disparaître pendant six mois, lui abandonnant les rênes de l'empire de yachts de luxe qu'ils étaient censés diriger ensemble ? Durant son absence, elle a vécu l'enfer, chahutée par un conseil d'administration particulièrement hostile à son égard. Maintenant qu'elle l'a retrouvé, Daniela exige de Valerio qu'il assume enfin ses responsabilités, ce qu'il accepte de faire – à la seule condition qu'elle l'épouse…

Un patron si mystérieux, de Miranda Lee - N°4392
Lasse de sa vie nomade, Ruby aspire aujourd'hui à poser ses bagages. Le poste de gouvernante qu'elle vient de décrocher est la chance qu'elle attendait. Et puis, elle ne devrait même pas avoir à croiser son patron, un célèbre et mystérieux producteur toujours absent de sa vaste propriété de Sydney. Du moins c'est ce que pense Ruby, avant de tomber nez à nez avec Sebastian Marshall – l'homme le plus séduisant qu'elle ait jamais rencontré…

La belle et l'Italien, de Kate Hewitt - N°4393

Il respire le pouvoir, la richesse et l'arrogance. Et pour toutes ces raisons Liza ne supporte pas Fausto Danti. Aussi est-elle la première surprise par l'élan irrésistible qui la pousse dans les bras du milliardaire italien. Après une nuit de passion, comment nier l'évidence ? Bien qu'ils ne puissent se voir sans se livrer à une joute verbale, tous deux s'entendent parfaitement dans l'intimité d'une chambre ! Et ce lien charnel pourrait bien perdurer, si Liza accepte la proposition de Fausto de l'épouser…

Mariée à un duc, de Jackie Ashenden - N°4394

Pour toucher son héritage, Achille Templeton, duc d'Audley, doit répondre à deux clauses testamentaires : se marier et avoir un enfant. Un comble pour lui, qui mène une vie sans attache et collectionne les aventures sans lendemain. D'abord furieux, il finit par proposer à Willow Hall un mariage de convenance. La belle innocente, très attachée au domaine de Thornhaven sur lequel ils ont tous les deux grandi, sera sa meilleure alliée. Si toutefois il parvient à la convaincre de pimenter leurs noces de la manière la plus sensuelle qui soit…

Retrouvailles à Blakeley Castle,
de Jessica Gilmore - N°4395

Experte en relations publiques, Alexandra découvre avec stupéfaction que sa nouvelle mission l'a conduite à Blakeley Castle. C'est dans cette somptueuse propriété, domaine de ses ancêtres, qu'elle a grandi. C'est là aussi qu'elle est tombée amoureuse de Finn Hawkin, le fils du jardinier. Lorsque sa famille a été ruinée dix ans plus tôt, Alexandra a dû abandonner les lieux, son titre d'aristocrate… et Finn. Or voilà que ce dernier resurgit dans son existence sous les traits de l'actuel châtelain ! Leurs retrouvailles ne peuvent être le fruit du hasard : si Finn l'a embauchée, c'est nécessairement pour lui demander des comptes sur sa désertion !

Bal d'hiver au royaume, de Caitlin Crews - N°4396

SÉRIE : *LA COURONNE DE LA PASSION* - 2/2

Aveugle de naissance, Melody Skyros en a plus qu'assez de vivre dans l'ombre de sa célèbre famille. Ce soir, à l'occasion du bal de Noël d'Idylla, c'est elle qui sera dans la lumière, au bras de son nouvel époux, le prince Griffin. Hélas, bien que leur mariage ait été arrangé, elle mesure vite combien ce rôle royal lui sera difficile à tenir. Griffin est un homme auréolé de scandale et si outrageusement séduisant qu'elle craint de lui révéler l'émotion qu'il suscite en elle, alors qu'elle dissimule à tous depuis toujours sa nature passionnée…

L'héritier de Sacha Tsarakis, de Kate Summer - N°4397

SÉRIE : *LES TSARAKIS* - 1/3

Sacha. Ce prénom est gravé dans le cœur de Jo depuis cinq ans, depuis l'unique nuit qu'elle a passée dans les bras de son sublime Grec. Quel choc pour elle de le retrouver aujourd'hui sous les traits austères d'Alexandre Tsarakis, son patron ! Mais il y a pire encore : à la lueur dure qui brille dans son regard, elle devine que Sacha ne lui a pas pardonné de l'avoir quitté sans un mot d'adieu. Et Jo redoute plus que tout qu'il découvre son précieux secret…

Destinée à un prince, de Cara Colter - N°4398

SÉRIE : *NOËL ROYAL À CASAVALLE* - 1/3

Ébranlé par la révélation qu'il n'est pas l'héritier légitime du trône de Casavalle comme il l'a toujours cru, le prince Antonio Valenti se rend dans les Rocheuses canadiennes, résolu à retrouver sa sœur disparue. Mais alors qu'il séjourne au Crystal Lake Lodge, un hôtel à flanc de montagne avec une vue imprenable sur le lac et la forêt, il tombe sous le charme de la douce Imogen, propriétaire des lieux. Auprès d'elle, le fardeau de ses responsabilités lui paraît soudain plus léger. Au point qu'Antonio finit par se demander si cette femme si éloignée de son monde n'est pas justement celle qui lui était destinée…

La tyrannie du désir, de Jennifer Hayward - N°4399

Frankie est troublée : que lui arrive-t-il depuis qu'elle a intégré l'entreprise de Harrison Grant ? Elle ne s'est jamais montrée aussi peu professionnelle ! Dès leur première rencontre, elle a été à la fois distraite et intimidée par le charisme et le charme renversants de son nouveau patron. Seulement, c'est sa carrière qui est en jeu ; elle doit se ressaisir et prouver à Harrison qu'elle lui est indispensable. Reste pourtant à savoir comment résister à ce désir déroutant qu'il éveille en elle…

OFFRE DÉCOUVERTE !

Vous souhaitez découvrir nos collections ? Recevez **votre 1er colis gratuit*** **ave** **1 cadeau surprise !** Une fois votre colis de bienvenue reçu, si vous souhaite continuer à recevoir nos livres, cela se fera automatiquement. Vous recevrez alor vos livres inédits** en avant-première.

Vous n'avez aucune obligation d'achat et cette offre est sans engagement de durée

*1 livre offert + 1 cadeau / 2 livres offerts pour la collection Azur + 1 cadeau.
Pour la collection Intrigues : 1er colis à 17,25€ avec 2 livres + 1 cadeau.
**Les livres Ispahan, Sagas, Gentlemen et Hors-Série sont des réédités.

☛ COCHEZ la collection choisie et renvoyez cette page au
Service Lectrices Harlequin – CS 20008 – 59718 Lille Cedex 9 – France

Collections	Références	Prix colis
❑ **AZUR**	Z1ZFA6	6 livres par mois 29,99€
❑ **BLANCHE**	B1ZFA3	3 livres par mois 24,45€
❑ **LES HISTORIQUES**	H1ZFA2	2 livres par mois 17,09€
❑ **ISPAHAN**	Y1ZFA3	3 livres tous les 2 mois 23,85€
❑ **PASSIONS**	R1ZFA3	3 livres par mois 25,89€
❑ **SAGAS**	N1ZFA3	3 livres tous les 2 mois 28,86€
❑ **BLACK ROSE**	I1ZFA3	3 livres par mois 26,19€
❑ **VICTORIA**	V1ZFA3	3 livres tous les 2 mois 26,19€
❑ **GENTLEMEN**	G1ZFA2	2 livres tous les 2 mois 17,35€
❑ **HARMONY**	O1DFA3	3 livres tous les mois 20,16€
❑ **ALIÉNOR**	A1ZFA2	2 livres tous les 2 mois 17,75€
❑ **HORS-SÉRIE**	C1ZFA2	2 livres tous les 2 mois 18,25€
❑ **INTRIGUES**	T1ZFA2	2 livres tous les 2 mois 17,25€

N° d'abonnée Harlequin (si vous en avez un) ___________

Mme ❑ Mlle ❑ Nom : ___________

Prénom : ___________ Adresse : ___________

____

Code Postal : ___________ Ville : ___________

Pays : ___________ Tél. : ___________

E-mail : ___________

Date de naissance : ___________

Date limite : 31 décembre 2021. Vous recevrez votre colis environ 20 jours après réception de ce bon. Offre soumise à acceptation et réservée aux personnes majeures, résidant en France métropolitaine, dans la limite des stocks disponibles. Prix susceptibles de modification en cours d'année. Vous pouvez demander à accéder à vos données personnelles, à les rectifier ou à les effacer. Il vous suffit de nous écrire en nous indiquant vos nom, prénom et adresse à : Service Lectrices Harlequin CS 20008 59718 LILLE Cedex 9. Service Lectrices disponible du lundi au vendredi de 9h à 17h : 01 45 82 47 47.